U0036147

魔豆

除魔派對
vol. 1
除污社開工大吉
醉琉璃——著
夜風——插畫

目錄

除魔派對
人設
毛絨絨
毛茅&黑琅
萬歲❤貧乳萬歲❤貧乳萬歲❤貧乳萬歲❤貧乳萬歲❤

白烏亞
朩花梨
時衛

楔子

臨近午夜十二點，即便是市中心也陷入了萬籟俱寂。路上來往車輛稀稀疏疏，大部分店家也都拉下鐵捲門，熄了燈。

但座落於十字路口轉角的一家ＫＴＶ，依舊亮著絢麗的燈光，螢幕牆時不時地閃爍、變更字幕，在地面上投射出五光十色的光影。

大廳更是聚集了不少年輕人嬉笑吵鬧，形成鬧哄哄的音浪。部分少年、少女還穿著學校制服，不過這些人大多是要準備離開ＫＴＶ的。畢竟一過十二點，店家就會開始檢查證件，看包廂內是否還有未成年人逗留。

在這票學生之中，有兩抹人影特別引人注目。

一人是黑色的鬆軟短鬈髮，兩端微翹，大大的粗框眼鏡沒有遮掩住她那雙杏眸的靈動勁；另一人則留著一頭茶色長髮，化著淡妝，嘴唇塗著閃亮的唇蜜，顯得比同伴成熟幾分。

兩名少女的容貌並不是真正被注意的原因。

事實上，引來其他人視線的——是穿在她們身上的那套學院風制服。

綠色百褶裙搭配湖水綠上衣，領口處繫著蝴蝶領結，外頭罩著件綴上深碧的白色外套，修身的剪裁將身體曲線襯托得越發優雅曼妙；過膝的深色長襪和裙襬間，留下一截露出白皙皮膚的空隙。

整體設計使得穿著這身制服的女孩子看起來既端莊，又保留了符合這年紀的活潑。

這是榴華高中的制服，同時也是號稱榴岩市所有學校中最美的制服。

曾經就有人嫉妒地說，就算榴華的學生外表只有三分，但只要穿上制服，瞬間就能將分數拉到七、八分了。

這話可能誇大了點，但也足以看出大眾對這套服裝的高評價。

對於旁人或是羨慕或是好奇的目光，林靜靜沒有太過理會。她拉著身邊好友的胳膊，催促著對方快點往外走。

晚上來這邊唱歌，她是有事先跟家人報備過，但不代表她超過十二點半回家，就不會換來一頓叨唸。

噢，也許更慘……林靜靜心驚膽跳地想。

她可沒忘記自己有次逾時晚歸，換來的是老媽興致勃勃地在她面前試起家中哪樣東西打起人來最順手，最後是蒼蠅拍入選，害得她屁股紅腫，隔天整日都是如坐針氈。

被林靜靜拉著走的凌淨，自然不曉得好友內心的緊張。她不時扭頭往回望，臉上是對ＫＴＶ的依依不捨。

「唉，要是我們滿十八歲就好了……」凌淨終於像看夠了，她收回眼神，惋惜地大嘆一口氣，「這樣我們就可以繼續留下來夜唱……」

「然後我媽就眞的會打死我了。」林靜靜嘀咕。

「哈？」凌淨一時沒聽清楚，放大音量又問了一遍，「妳說誰要打誰？」

「我、說，」把人拉出店外的林靜靜沒好氣地停下腳步，手扠腰，「妳害我晚到家的話，我就要打死妳了，混蛋小淨！」

「沒禮貌，明明我比妳大幾個月，憑什麼大家都喊妳大靜，我就是小淨？」凌淨噘著嘴抱怨。

她們兩人自小學就認識，升高中後雖然不同班，但也時常到彼此班級串門子。加上名字讀音實在太過相近的關係，爲免弄混，認識她們的人就乾脆替她們取了一個「大靜」、「小淨」的綽號。

「因爲大家都明白，我心智比妳成熟穩重。」林靜靜伸出食指，制止茶髮少女想出口的抗議，「行了，事實通常是不被人接受的，我懂得妳的感受，小淨同學。不過爲了我們下一次還能再出來唱歌，我們最好趕緊加快走路的速度，還有……」

「還有什麼啊？」凌淨忍不住哀叫。

「還有，妳下次能不能別塗那什麼唇蜜了。老實說，我一直覺得像豬油塗在嘴上。」

「林靜靜！」

少女們的笑聲和氣急敗壞的嚷聲在冷清的街頭上響起，鞋跟敲擊路面的聲響亦在夜晚被放大得格外清晰。

鬧騰了一會，兩人霍地意識到現在可是半夜時分，連忙收斂了音量，手拉著手往前走。

凌淨是憋不住話的性子，安靜不到半晌，她輕咳一聲，扭捏地問，「……喂，這款唇蜜眞的那麼糟嗎？我班上同學都說還挺不錯的耶。」

「好啦，其實還好，就是太……」林靜靜想了一個好聽些的形容詞，「太水亮了。下次再試別的就好，起碼比起一些妝弄得太濃、臉變得太白的人好多了。」

凌淨噗哧一笑，「聽起來簡直像鬼了，半夜看不就嚇死人嗎？」

「所以我才說妳好多了。噢，既然說到鬼……」

「等等，不准在這時候講鬼故事嚇我！」

「不是鬼故事，但也很適合現在氣氛。午夜十二點、幾乎無人的街道……」

「林靜靜，我眞的會打妳喔！」

「急什麼？我還沒說完呢。我要說的，是符合這氣氛的——」見凌淨緊緊抓著自己的手，林靜靜也不故意嚇她了，「都市傳說。」

「都市傳說？那是什麼？」只要不是鬼故事，凌淨就鬆了一口氣。

「就是從朋友的朋友那聽來的，沒有原因，沒有爲什麼的故事。妳要當成一種空穴來風的八卦也是可以。」

「……爲什麼妳老是知道一些莫名其妙的八卦啊？」凌淨是眞的很納悶。林靜靜簡直像一個八卦王，似乎不管是關於某人、某事、某物的八卦，都能信手捻來，然而她也沒見過對方像隻小蜜蜂般四處去打探消息。

「因爲我不愛向別人八卦。」黑髮女孩一推自己的眼鏡，杏眼狡黠地彎起，「所以大家都愛向我八卦。」

換句話說，就是她的口風夠緊，也不會輕易向人透露什麼，因此才會有那麼多人找她傾吐內心話。

凌淨恍然大悟，她對這點也深有同感。

即使林靜靜常常跟她說一些小八卦，卻都是無傷大雅、不涉及他人的隱私。

「好啦，那麼我現在就要跟凌小淨同學說一個……在我們榴岩市流傳許久的傳聞。」林靜靜壓低了聲音，轉成嚴肅的神情將凌淨唬得一愣一愣的，「聽說啊，在半夜的時候，要是還走在外面，很可能會聽見……」

凌淨幾乎是屏著氣，緊張地等著林靜靜的下一句話。

究竟是會聽見什麼？是嬰兒的哭聲嗎？還是誰的慘叫？

但還沒等到林靜靜揭曉答案，她先等到的是一句冷不防冒出的喊聲——

「那邊的兩位小姐。」

意外出現的第三人聲音，頓時讓凌淨驚恐地大叫，就連林靜靜也被嚇得抽了一口氣。

「哇啊！」

「咿！」

兩名少女反射性緊捉著彼此的手，戰戰兢兢地扭頭朝聲音的來源處看。

就在一旁騎樓的陰影底下，有兩雙散發金黃色光芒的眼睛正瞬也不瞬地望著她們。其中一雙眼睛位置尤其不正常，居然僅離地面三十多公分高！

凌淨臉色發白，差點就要再發出第二聲尖叫了。

林靜靜比較冷靜，旋即就意會過來，那兩雙金色的眼睛分別屬於一個人和一隻動物。她眼明手快地往凌淨的嘴巴一摀，及時阻止高分貝的音量衝出喉嚨。

「冷靜點，那只不過是個出門遛寵物的。」林靜靜小聲說，「妳看清楚，那是一隻……」

等等。

林靜靜先頓了一下，她發現自己無法判斷那團盤踞在陰影中的「黑漆漆」，究竟是豬，或者是其他的……呃，胖嘟嘟生物。

「大毛是貓，就是胖了不只一點。」喊住林靜靜她們的聲音又說。他的音質清亮，明顯還沒經過變聲，「大毛，喵個一聲給小姐聽。」

「……喵。」黑貓發出的叫聲，一聽就是心不甘情不願。

人影牽著他的貓往前走一、兩步，陰影從他們的臉上褪去，得以讓兩名榴華高中的女學生看清對方的樣貌。

那是一名穿著連帽外套的男孩。

稍顯凌亂的紫色髮絲從帽簷下鑽竄出來，一雙眼睛又圓又大，底處的金黃色澤宛如是流淌著金色熔漿，在黑夜裡熠亮得驚人。但那雙圓滾的眸子在眼尾處又微微挑揚，和他腳邊的黑貓有幾分相像。寬鬆的衣物讓他整個人顯得格外矮小，乍看下就像是剛升上國中不久的國中生。

林靜靜她們愣了愣，心裡的戒備跟著也放下了七、八分。

女孩子總是比較早熟，在她們眼中看來，叫住她們的男孩和鄰家弟弟差不多。況且，那張青稚討喜的面孔也容易激發出她們的母性。

「弟弟，這麼晚一個人嗎？要小心遇到危險喔。」凌淨忘了先前的驚嚇，語氣放得溫柔，「早點回家比較好喔。」

「兩位小姐也是要準備回家嗎？」紫髮男孩沒有正面回答，帶著稚氣的嗓音說，「那麼，建議別走妳們剛剛走的那條路。」

林靜靜和凌淨皆是一怔。

「爲什麼？」凌淨沒想那麼多，下意識地開口追問，「那邊發生什麼事了嗎？車禍？還是有人半夜街頭鬥毆？或是喝酒鬧事？」

「但……你明明不是從那個方向走過來的。」林靜靜微皺眉頭，立刻揪出對方話中的不合理之處。

「嗯啊，我是從那邊……」紫髮男孩伸手往右後方大致一比，「走過來遛貓的。本來也想往妳們方才的那個方向走，不過，突然覺得還是別走過去比較好。」

林靜靜還想發揮打破砂鍋問到底的精神，然而凌淨突地抱緊她的一隻手臂。

就算眼前的男孩看起來再怎麼可愛，可是、可是……誰會無聊到半夜跑出來遛貓？還是一隻在晚上看似乎有點邪門的大黑貓……還有他說的那些話，聽起來古怪又缺乏邏輯……

凌淨嚥嚥口水，開始擔心對方是不是有精神上的問題。

「林大靜，我們還是快點回家吧。」凌淨壓低音量說，也不等林靜靜反應過來，就強硬地拉著人快步往回走。

將騎樓下的男孩和黑貓拋在了身後。

隱約中，好似還能聽見黑貓發出了像是喵又像是哼的一聲，在夜色中散發出難以言喻的陰森感……

凌淨幾乎是發揮爆發力地拉著林靜靜飛快地往前走，時不時還回過頭，就怕那詭異的一人一貓尾隨過來。

「等一下，凌小淨……等一下！」被迫連走帶跑的林靜靜險些絆到腳，她急忙穩住身勢，同時一把拉住好友的手，「天啊，凌小淨，妳走那麼快，好歹注意一下我跟不跟得上……妳忘記我的腿比妳短嗎？」

「啊，對不起……」被這麼一拉扯，凌淨登時像回過神地停下慌張的步伐，手指也從林靜靜的胳膊上鬆開。她踮起腳尖，朝她們走來的方向望過去，確定不見任何人影後，才放鬆地吐出一口氣。

「怎麼了？妳該不會被那個男生和那隻黑貓嚇到了吧？」林靜靜取笑道。

「我只是、只是害怕那人會不會精神上有問題……」凌淨據理力爭地反駁，「萬一他忽然拿刀出來怎麼辦？新聞不是常出現這種案件嗎？他和那隻貓……都怪怪的耶。」

「是有點奇怪……」這點，林靜靜無法否認，但也不像凌淨那樣受到莫大的驚嚇。

「總之，估計妳想太多了。」林靜靜這麼總結，她安撫地拍拍凌淨的肩膀，目光則是下意識地四處打量。

這是她們原本就打算走的路。

也是紫髮男孩建議她們最好別走的路。

明明就是往常走慣的街道，附近景色亦沒有突兀的變化，仍舊是一側緊鄰著馬路，一側則有多條巷弄向深處延伸，栽種其中的林木被夜色染得暗沉。

街口的交通號誌燈因深夜已呈現不斷閃動紅燈的狀態，馬路上久久不見車輛經過。沒有車聲，沒有她們倆以外的人聲。

熟悉的路徑，在這一剎那間彷若變得陌生起來。

察覺思緒竟不由自主地被男孩的話牽著走，林靜靜暗笑自己想太多，變得疑神疑鬼起來。

爲了轉換心情，也爲了讓凌淨不要再多想，林靜靜主動打破沉默。

「別管那些了，而且那隻貓那麼胖，肯定是追不過來的。」

「也是呢。我剛都有瞄到牠的肚子了，圓滾滾的，手感應該挺好的，就是黑貓給人感覺有些邪門……」

「暫停、打住，不是說別再想了？眞是……那只好繼續我們最早先的話題了。」

「最早先……」凌淨起初一頭霧水，接著她瞪大了眼，「不是吧？林靜靜妳該不會……」

「噹噹，向我們凌小淨同學介紹一下——『半夜的清潔工』這個傳說！」林靜靜無視身旁人氣急敗壞的眼神，笑咪咪地說道：「聽說啊，在半夜時分，有時候會在街頭聽見唰唰唰的聲音，就像有人在刷地板或是牆壁之類的。」

「嗚，我不想聽啦！」凌淨摀著耳朵，腳下加快了速度。

林靜靜緊跟在旁，「可是呢，如果走過去一看，卻會發現那些人在刷的地方，分明就是什麼東西也……」

最末的關鍵字都來到林靜靜的舌尖上了，卻遲遲沒有逸出。

不單是林靜靜，還有凌淨也驀地沒了聲音。

兩名少女簡直像突然被按下了靜音鍵，她們的眸子瞠大，妍美的面容上浮現一絲驚疑。

她們聽見了聲音。

唰唰唰。

唰唰唰唰唰唰！

唰唰唰……

像是有誰在哪裡刷洗著地板或牆壁，規律的音響在夜深人靜的當下，猶如被放大了數倍。

饒是林靜靜自認膽子不小，然而剛說出口的故事驟然就成了現實，進入她們的耳內，這讓她的心中不禁咯噔一下。

「不是吧？真的假的……」林靜靜喃聲說。

那則「半夜的清潔工」的傳說，她本來只當作是瞎編的故事來看，可是此刻不知從何處傳出的唰唰聲……

就像在驗證她前一刻所說的。

刷洗地板或牆壁的聲音仍在持續著。

「要不……凌小淨妳在這等我一下，我去前面看看情況。」林靜靜說。

「什麼？當然不行！要去也是我跟妳一起去！」凌淨想也不想地反對。她是怕那些怪力亂神的東西沒錯，但要她讓好友獨自冒險，她也做不到。

更不用說……其實她也是有一點好奇的，眞的只有一點點。

在緊張和好奇的夾雜之下，兩名少女緊緊握住對方的手，大著膽子，逐步往唰唰聲的源頭尋找過去。

她們繞進了右側的其中一條小路裡，路燈映照下樹影綽綽，增添了周圍的詭譎氣氛。

除了「唰唰唰」的聲音之外，林靜靜她們還能聽見自己的心跳聲、呼吸聲……

終於，她們找到了聲音的來源。

凌淨反射性摀著嘴巴，免得抽氣聲控制不住地衝出來。她拚命朝林靜靜眨著眼睛，無聲地表達自己的不滿。

烏鴉嘴！好的不靈壞的靈！

林靜靜只能露出一個尷尬的笑容。她哪可能事先預知得到，自己一時興起和朋友分享的榴岩市傳聞居然……

活生生地呈現在她們眼前。

就在離她們藏身處不遠的位置，赫然有幾道暗色的人影，手持造型特異的長柄刷，正努力不懈地刷洗著路面，不時還會掏出一個噴瓶，朝下噴灑不明液體。

林靜靜猜測，也許那是清潔劑之類的。

問題是，放眼望過去——地面上根本空無一物。

所以，那些人到底是在清洗什麼？

林靜靜心跳急促，她作夢也沒想到自己竟然親眼目睹了半夜的清潔工。她強忍著激動，小心地拿出手機，調成相機模式，將螢幕裡的畫面放大再放大。

由於那幾個人都裹著長袍、遮掩了體型，判斷不出男女。至於他們手裡的清掃工具，和一般常見的洗地長柄刷截然不同。

桿身上以金屬花紋和齒輪裝飾，有種奇異的華麗感；硬毛刷頭則是銀色與金銅色相間。

啊，感覺就是好高級的掃除工具……林靜靜揮開冒出的莫名念頭，不忘將手機螢幕上的影像存下。待她抬起眼，撞入眼中的赫然是一大片朦朧的白斑！

林靜靜眨了眨眼，定睛再一看。

前方地面上還是什麼都沒有，上一秒瞧見的不規則白色斑紋，彷若只是她的錯覺。

「林靜靜，我好像……眼花了？」凌淨靠過來，在她耳邊悄聲說，「我剛剛好像看到……那些人在刷的地板，出現了白白的東西？像發霉一樣，但是現在又什麼也沒看到。」

林靜靜心頭一跳，吃驚地轉望向好友，「妳……妳也看到了？」

少女們面面相覷，下一秒，有志一同地飛快扭過頭。

清潔工猶在刷洗的路面空空蕩蕩的。

沒有古怪的白色黴斑。

這廂林靜靜和凌淨被巨大困惑籠罩，另一廂的清潔工之一倏地揚聲示警。

「黴斑在退了！回收場隨時準備開啓！」

「鎖定黴斑退離的方向！」

「快點，追上去！」

話聲錯落間，幾道暗袍人影立即停下刷地的動作，整齊一致地竟是朝著林靜靜她們藏身的地方而來！

黑髮少女和茶髮少女被這突來的事態弄得手足無措，理智叫她們應該趕緊離開，然而雙腳一時宛若生了根，動彈不得。

此時人影已經追至林靜靜兩人的藏身處。

那一張張沒有特意遮掩的年輕面孔乍現驚愕。

清潔工沒想到，這裡還有他們以外的人在！

林靜靜她們沒想到，對方居然和自己差不多大！

正當雙方都因震驚而呆滯數秒的瞬間——

沉寂的夜氣猛地被撕裂。

足足有數十公尺高的龐然大物平空成形，正好就橫亙在少女與清潔工之間。

林靜靜和凌淨無意識地仰高頭、再仰高頭……

紫灰色的黏滑皮膚上，附著腐臭的發黑海草和藤壺似的堅硬物質。下半部伸展出粗大的八條觸手，還有密密麻麻的吸盤。張開的口部裡是密集又尖利的牙齒，蒼白的焰火在空洞的眼眶中靜靜燃燒。

認知中的生物和超乎現實的異變結合起來，就像是……

就像是……

怪物。

林靜靜腿一軟，她在昏倒前，腦海中只剩下這麼一個念頭。

第一章

「呀啊啊啊啊啊啊——」

淒厲的尖叫猛地在灑滿金橙日光的房間內爆發開來，好似這裡突然發生了凶殺案。

但房間中的唯一人影只是拱了拱身子，從包得緊密的被窩裡探出了一隻手臂，往前摸呀摸的。

然後，「啪」地將鈴聲設定成女性尖叫的鬧鐘關掉。

可十五分鐘過後，宛如吊嗓子的尖叫又一次拔起。

細白的手臂迅雷不及掩耳地竄出，精準地拍掉。

結果再十五分鐘又響起。

這次沒有「啪」的一聲了，伸出被窩的手臂乾脆將鬧鐘直接往床下一砸。

世界這下徹底清靜了。

房間的主人很滿意，手臂再次縮回被窩內，不忘將棉被拉得緊緊，好抵擋從窗外不客氣入侵私人領域的陽光。

只不過，這份寧靜還是沒有維持太久。沒一會的工夫，換房間門外傳來了刺耳的聲響。

聽起來很像爪子在耙抓著門板一樣。

抓門聲鍥而不捨地鑽進房間裡，然而縮在被窩內呼呼大睡的身影彷彿毫無所覺，連動也沒動一下。

半晌過去，抓門聲總算消停下來。

取而代之的，是門把被轉動的聲音，隨後是房門被一陣力道從外向內推開。

一抹圓潤的黑影邁步走進，傲然的姿態簡直像在巡視自己領土的領主。

那是一隻體型稱得上壯且胖的大黑貓。黝黑的毛皮油光水滑，一看就能知道日子過得相當舒適。長長的尾巴漫不經心地一甩一甩，一雙金亮的眼瞳半瞇，盯住了自己的獵物。

就是床鋪上那坨隆起的物體。

黑貓開始助跑，接著淩空躍起，眼看就能成功壓砸在房間主人的身上——

黑貓甚至都可以想像出對方痛苦抱著肚子悶哼的畫面了，這令牠忍不住貓心大悅，金眸閃過亮光。

只是想像，最後還是成爲了想像。

就在重物即將壓下的前一秒，被窩裡的房間主人忽地朝旁滾動，不忘連同棉被一塊捲上。

於是，改變不了方向的黑貓只能砸落在床鋪上。牠胖碩的身子頓地被震得起伏幾下，似乎還發出了類似嗚噗的呻吟。

床墊的震動似乎終於驚擾到了房間主人。

被子被一把掀開，一名頭髮亂翹的男孩揉著眼睛坐起，白淨稚氣的臉蛋上帶著些許未褪的睡意，和自家黑貓同色的金曜眸子朝旁一瞥。

黑貓四肢攤平，像張扁扁的貓餅。

「大毛，你在幹什麼啊……」毛茅打了一個呵欠，眼角擠出一滴淚珠，「向我展示你的肉有多少嗎？行行行，我知道已經多得可以拿去燉了，雖然感覺吃了會三高……」

被人當作肉品評論的黑貓氣惱地撐起身子，貓掌朝毛茅一拍。

這一擊還是落空了。

紫髮男孩離開床鋪，跨過分屍的可憐鬧鐘——指針和分針永遠都停在快八點的位置——踩著拖鞋，往房外浴室走去，準備進行他的刷牙洗臉大業。

被留在房間的黑貓兀自趴在床上生著悶氣。

等到毛茅又回到房間，他慢一拍地發現了黑貓的不對勁。

「今天怎麼那麼安靜？」毛茅換下睡衣，正當他的手準備往衣櫃中隨便一件上衣探去之際，他的動作驀地頓了一下，「我是不是忘了什麼……好像挺重要的事？」

黑貓沒有回答，牠只是紆尊降貴般地挪動身子，將吊掛在另一邊的衣服拖拉過來。

那是一套學生制服。

湖水綠襯衫附領帶、深綠色的長褲，以及一件白色的西式外套。外套的校徽上，有著大大的兩個字。

榴華。

噢，毛茅想起他忘記的重要事是什麼了。

他今天……

要上學！

要、去、這、所、榴、華、高、中、報、到！

即使上述的這幾串說明是以石破天驚的威力砸在了他的腦海裡，他的速度也沒有加快，還是慢悠悠地穿著制服，絲毫沒有一點要遲到的自覺。

換作是一般學生，早就火燒屁股般地衝出家門了。

對毛茅來說，既然都遲到了，晚十分鐘也是遲，晚一小時也是遲，那何必匆匆忙忙地把自己弄得狼狽不堪呢？

趁毛茅換衣的時候，黑貓也沒閒著。牠金眸一掃，迅速鎖定目標，再靈巧地鑽進目標內。

要是牠的心思能夠具現化出來，估計會是──

動作完美！姿勢標準！眞該給朕九十九分！

嗯，少一分是避免讓朕太過驕傲，畢竟朕已經那麼完美了。

被毛茅喊作大毛的黑貓，其實是一隻自戀的貓。

當毛茅打點完自己，隨手要拎起掛在椅背上的黑色背包，那意外沉重的重量讓他揚揚眉，「唰」地拉開背包拉鍊。

剛好和兩隻金燦燦的眼睛對上。

「這倒是讓我想起來了。」毛茅摸著下巴，「大毛，你今天安靜得不像話，讓我挺……」黑貓眼睛一亮，期待對方說出「不習慣」、「很想念」之類的話語。

「挺開心的。」毛茅咧嘴一笑，下一秒往背包內一掏，那隻細瘦的手居然單手就能將沉甸甸的過胖黑貓輕易拎起。

「你昨天偷吃完我原本要帶去學校享受的洋芋片，那可是三大包，還是紫蘇口味的！作爲懲罰，你今天不准跟我到學校，我放學回來前也不能出聲！」

毛茅將黑貓拎得更高，兩雙相似的金瞳對上。

紫髮男孩的笑容爽朗。

「敢再違規的話，剃掉你全身的毛喔，順便把你的蛋蛋給……」

那個「卡嚓」的手勢，讓黑貓瞬間發揚了安靜端莊的美德。

「乖乖等我回來吧，也許我會更早回來也說不定。」毛茅放開黑貓，揹上外層繡有多枚大小齒輪圖案的黑色雙肩包。

這是他喜歡榴華高中的一點，沒有硬性規定一定要帶著學校書包，換成暗色的其他包包也行。

毛茅對這種後背包有著某種熱愛。一來是能空出兩隻手，二來是這包的內層空間夠大，除了該帶的課本文具外，還可以……

哼著小調，毛茅興高采烈地從客廳裡的零食箱挑了多包洋芋片和幾支棒棒糖，努力地塞塞塞。

跟出來的黑貓擺出嫌棄的臉。

人家學生上課是乖乖唸書，就只有他家這個是活像要去遠足一樣。這哪是高中生，分明是幼稚園大班生吧？

毛茅自是不曉得黑貓心裡的吐槽，他心滿意足地拉好拉鍊，包包一揹，三兩步地往玄關跑去。

經過牆邊的小鏡子時，還不忘對自己的儀容做最後確認，食指順便撥弄一下額前的那撮小鬈毛。

鏡裡的紫髮男孩揚起活力爽朗的笑意，他轉身對著黑貓揮手。

「出門去啦，記得乖乖當一隻安靜的醜貓啊，大毛！」

黑貓齜牙咧嘴，表情活像是在說：

放屁！朕明明是貌美似花！

事實證明，毛茅確實是遲到了，還遲到得挺徹底。

看著不遠處完全關上的正校門，再瞄瞄旁邊還開著的小門，紫髮男孩的眼珠子滴溜一轉，不到三秒鐘的時間他就決定——

逃、學、去！

如果這時候進去學校，會先被警衛叫住，登記班級、學號、姓名。然後他上學第一天，就會獲得一個華麗麗的小警告。

但是呢，選擇逃學，事後還能打電話假裝自己請病假、事假。或是用家裡的貓吃太多噎住，需要他緊急照顧爲理由逃過懲罰。

越想，毛茅覺得越有道理。他點點頭，趁警衛室的人還沒發現校外有一名學生逗留，他果斷地向後轉。

接著撞上了另一道人影。

「嗷嗚！」毛茅的鼻子遭到撞擊，讓他疼得一張稚氣的臉蛋都皺成一團。

「我很抱歉。」聲音的主人充滿歉意地說。他的聲音相當悅耳，具體詮釋了什麼叫作從聲音透出的優雅，「你還好嗎？」

毛茅摀著鼻尖往後退了幾步，直到他能清楚地看見對方的相貌。

喔喔。他的心裡響起警報聲。

毛茅撞上的是名穿著白袍、身形瘦高的男子。五官纖細典雅，深藍色的髮絲綁成顯得蓬鬆的大辮子，垂散在肩前；漆黑的眼睛此刻正含帶關懷地注視著人。

男子身上穿的白袍，容易令人想到醫生方面的職業，可是毛茅知道對方不是。

這位可比醫生凶殘多了。

毛茅放下摀鼻的手，綻出討喜的微笑，試圖再往後退，「喔，我很好，眞的。」

「既然你沒事的話……」白袍男子還是溫和優雅的口吻，「那麼現在可以告訴我，爲什麼上課時間，你還在校外逗留呢？」

眞是救命！這位可是榴華高中的校長啊！

毛茅會知道對方的身分，還得多虧於前幾天他在泡麵時，直接將學生手冊攤開壓在碗上，以防蒸氣和熱度散逸。而他隨手翻開的那一面，碰巧就是關於榴華高中領導人的介紹。

澤蘭，現任校長，一位年紀被打了馬賽克，據說沒人知悉他眞正年齡的謎之美男子。熱衷教育，熱衷科學實驗，熱衷背誦全校師生的姓名。

第三個興趣聽起來挺詭異的。毛茅表面不動聲色，心裡跳出了遊戲畫面似的小劇場。

論，當你準備逃學，卻遇上學校最大BOSS，這時候該怎麼辦？

一，逃跑。

二，攻擊他。

三，倒下來裝死。

還沒等到毛茅做出定奪，澤蘭先開口了。

「一年五班二號的毛茅同學，我猜，你應該不是想要逃課吧？」

那嗓音還是像溫柔的春風沁人心脾，只不過吐出的內容，登即讓毛茅毫不猶豫地將前三個選項用力打×。

這下他可眞相信學生手冊的資料沒騙人了。

「不不不，我愛學習，學習使我快樂！」毛茅立刻臉不紅、氣不喘地說，「我怎麼可能會逃課呢？校長先生您眞是太多心了！」

澤蘭深感欣慰地點頭，「你能這麼想，我很高興。不然我原本是打算把你按在校門口處，打你一頓屁股，作爲逃課的處罰。」

毛茅的笑容不變，雙手則暗暗摀住自己的屁股，慶幸自己逃過一劫。

誰知道澤蘭的話還沒說完，「所以現在呢，就讓我親自拎著你進去吧。」

毛茅的笑容瞬時僵了一下。

澤蘭笑得不容人拒絕——老實說，毛茅也不可能有意見，「校長」兩字就壓得他只能乖乖聽話。

不過毛茅也是心大，沒一會就調適好心情，想著這也算是另類的出風頭。

想想，哪個一年級生在入學第一天，就有辦法成爲風雲人物嘛！

於是榴華高中的大多數學生，在這一天早上就瞧見他們溫文儒雅的校長，像拎小雞崽地拎著一名紫髮男孩走過了半個校園。

由校長親自送人到教室，的確讓毛茅的登場引人注目。

一開始，就連班上老師也以爲這名紫髮男孩是校長親戚的小孩，才會讓他一路拎過來。

澤蘭倒沒將毛茅想逃課的事說出來，給他留了面子，只是笑笑地解釋。

「這孩子大概是剛升高中，心裡緊張，在校園裡迷路了，找不到自己的教室在哪。」

毛茅那張嫩生生的臉蛋，登時讓眾人都信服這個理由。

小孩子嘛，緊張迷路也是正常的。

直到澤蘭離開，老師和學生們才猛地回過神來。

不對，小孩子哪可能會穿著他們榴華的制服！

霎時，一道道吃驚的目光都盯向紫髮男孩，幾乎無法相信對方原來眞的是高中生。

從外表和個子來看，說是國一生還差不多。

懷抱著對新同學的好奇，一下課，毛茅附近的幾個學生就圍上來，七嘴八舌地問道。

「欸欸，毛茅，你眞的有十六歲了？」

「你怎麼會現在才來上課？」

「你的名字聽起來也太可愛，感覺很像女孩子耶。」

面對同學們的問題，毛茅逐一地回答了。

「眞的有十六歲，我天生臉嫩嘛。這是天生麗質，羨慕也沒法子告訴你們祕訣的。」

「家裡有點事情，所以才晚了幾天。」

「男孩子也可以很可愛呀，我的名字超適合我的吧？」

瞧見紫髮男孩笑瞇眼，露出孩子氣十足的笑容，圍在他身邊的男同學、女同學不由得對他心生了幾分好感。

就算知曉毛茅已經十六歲，是貨眞價實的高中生，而不是哪所學校的國中生玩大冒險跑來冒充的，那張娃娃臉仍舊讓他們想將對方當成弟弟看待。

有人還忍不住伸出手，想摸摸毛茅那撮翹得特別可愛的小鬈毛。

不過手才伸到一半，就被小鬈毛的主人擋下了。

毛茅的金色大眼睛眨呀眨，臉上是再認眞不過的表情。

「男人的頭是不能隨便摸的唷，不然會害人長不高。我的預定目標是長到一七八以上，所以同學你摸下去的話，在我目標達成之前，這段時間內要喝的牛奶，就通通交給你買單了！」

聽見這番說辭，其他人原本也蠢蠢欲動的手瞬間都放回原來的位置。

而在大家大致滿足好奇心後，便還給毛茅一個安靜的私人空間。

榴華高中的學生大多是從國中部直升上來的，不少人早就彼此認識，因此比起去搭訕一個陌生的新同學，他們更願意和自己熟悉的朋友待在一塊聊天。

獨自坐在窗邊的毛茅，乍看下就顯得孤孤單單。

倏地，一瓶牛奶進入了他的視線裡，就擱在他的桌面上。

毛茅微訝地抬高頭，沒想到會在這裡看到有過一面之緣的面孔。

將牛奶瓶放在他桌上的，是名留著黑短髮的眼鏡少女，形狀漂亮的杏眸泛著狡黠的光芒。她衝他笑了笑，隨即自來熟地拉過一張椅子，在他面前坐下。

毛茅不知道少女的名字，但他還記得對方的臉——昨天半夜，在他遛大毛時見到的。

「嗨。」林靜靜壓低音量，眼裡混合著驚奇和友善，「你還記得我嗎？我們昨晚有見過面的。」

「記得唷。」毛茅朝她眨眨眼，笑得活力四射，「妳和另一位女孩子。」

「對對，那是凌淨，我是林靜靜，後面兩字都是安靜的靜。」林靜靜做起自我介紹，「哇喔，我真的沒想到你原來和我們同年紀，我們本來還以為你才唸國中……呃，你會很介意別人常這樣說嗎？」

「放心。」毛茅得意地昂起下巴，「我臉嫩，我驕傲。」

林靜靜不禁被逗樂，「是是是，你臉嫩得和水豆腐一樣行了吧？下次再介紹凌淨和你認識，她是十班的。對了，這瓶牛奶是請你喝的，感謝你昨天的提醒。」

「感謝？」毛茅流露訝然。

他昨夜是有向兩名少女提醒過，別走她們原來要走的路。只不過凌淨不知是被什麼嚇到，突然拉著林靜靜又往原路跑。

認眞說起來，他唯一做到的頂多是隨口一提而已。

「因爲你還是有提醒我們了嘛。」林靜靜撓著臉頰，語氣裡夾雜一絲尷尬，「是我們自己沒聽進去的，然後、然後我們就……」

猶如回想到昨日的場景，林靜靜整張臉皺了起來。

「我可沒想到那條路上居然多了好幾隻野狗出沒……媽啊，我和凌淨差點沒跑斷腿。估計是我們在KTV有沾到食物的味道，那些野狗誤把我們當成食物。我們那時眞該聽你話的……毛茅，你是怎麼知道那邊有野狗的啊？」

「其實呢……」毛茅聳聳肩膀，「我不知道。」

「咦？咦咦咦!?」

「我只是覺得可能有不好的東西出現，就當所謂的男子漢的第六感吧。」

「噗，你明明才小不點。」

「我的心可是正港男子漢啊。」

瞧著毛茅理直氣壯的堅持，林靜靜忍不住哈哈大笑。她覺得這位新同學不只可愛，還挺有趣，更遑論對方昨晚也算幫過她們一把，她決定好好和人拉近關係。

對於林靜靜給的牛奶，毛茅用洋芋片當成回禮。

「毛茅，你有LINE嗎？我們加一下吧，我把班上同學名單傳給你，這樣你也好認人。」

「沒問題，我開一下我的行動條碼。」

兩顆毛茸茸的腦袋湊得很近，看見彼此的手機通訊軟體很快就跳出新好友的通知。

林靜靜速度很快，她「噠噠噠」地連戳螢幕，沒兩下就搞定圖片的傳送。

「這是我們班的通訊錄，這是大家的照片，課表我也傳給你了。啊，還有學校地圖。」林靜靜指著螢幕上的圖片一一說明，「有啥問題就儘管敲我，副班長會好好待你的。」

「感恩副班長，讚歎副班長。」毛茅馬上嘴甜地大力誇讚，「副班長真是太威武了！」

「哪裡哪裡。」林靜靜推挪一下眼鏡，杏眸閃著精光，「現在，威武的副班長要再告訴你一個消息。今天第六節課開始是社團招生時間，也就是說整個下午都是留給我們一年級新生，讓我們好好參觀選擇的。」

「這麼久？」毛茅吃了一驚。

「這是榴華的傳統。」林靜靜解釋著，「我們不少人都是從國中部直升上來，所以之前就知道。你是新轉來的，覺得奇怪也很正常。學校對社團發展相當看重，社團辦公室的設備也很豪華。我的目標應該是新聞社或校刊社……毛茅，你呢？附帶一提，是硬性規定全體學生都要參加社團的喔。」

「我喔……唔，可能會找不會佔去時間太多的吧。我家有大毛要顧，我有時候也要打個工什麼的。」

林靜靜沒多詢問毛茅的家庭狀況，她裝作什麼也不知道，繼續興致勃勃地爲新同學講解。

「哎呀，毛茅你到時候肯定能找到適合的。是說在全部社團當中，有個挺神祕的除污社。雖然名字聽上去像是打掃清潔、做社會服務之類的，但聽說這是本校唯一沒有人數限制的社團。即便人數未達標，也不會被廢社。還有，他們的社辦居然佔了社團大樓整整一層呢！不過再詳細的資訊，就打聽不太出來。」

紫髮男孩單手托腮，神情看似專注地聆聽少女的喋喋不休，可心思其實早就飄遠，兀自盤算起來。

社團招生時間嗎？

聽起來，就是很適合蹺課的時間呢！

第二章

說到榴華高中的社團招生，這在學校內可是一年一度的盛大活動。

每個社團從一開學就開始在做各種準備，務必要使盡渾身解數地招攬新生。只要成員越多，就能爲自己的社團爭取更好的福利。

而小高一們也在上課時就被老師通知，今天一整個下午都是屬於他們參觀社團的時間，要好好地挑選思考，畢竟社團分數也佔他們總成績的一部分。

活動場地主要是在籃球場、操場，還有文化走廊上，從中午就能瞧見二、三年級的學生忙著架起布棚，擺放桌椅，爲自個兒的社團攤位而努力。

學校裡的氣氛漸漸變得熱鬧起來，一年級的學生們亦受到感染，下意識感到興奮，對於即將到來的社團招生萬分期待。

班上隨處可以見到三三兩兩的人圍聚在一起，熱烈討論待會先參觀哪一個社團，或是哪一個社團比較好，學長姊比較帥、比較溫柔。

毛茅拒絕了林靜靜的邀請，沒有和她結伴同行。

等到下課鐘響，班上的學生歡呼一聲，像是一群獲得自由的魚兒、擠出門口後，一晃眼就朝四處分散。

毛茅是最後一個離開教室的人。

他悠閒自得地哼著小調，拎著他的黑齒輪包包，淨挑人少的地方走。

多虧林靜靜之前給的校內地圖，讓他有機會利用下課時間將學校各處摸得更熟，也規劃出了多條蹺課路線。

按照毛茅的計畫，他打算避開社團攤位密布的幾個主要場所，再繞到最邊邊的學生車棚，那邊緊鄰著圍牆。

至於要怎麼用才一百五十幾公分的個子翻牆出去？

毛茅表示，這對他根本小事一件！

只是有句話是這麼說的，人算不如天算，計畫永遠跟不上變化。

毛茅萬萬沒想到。

在車棚附近，在這個理應偏僻得不行的校園角落……

竟然還會出現一個社團攤位！

哪個社團招生會招到這種鳥不生蛋的地方來？毛茅目瞪口呆，預估錯誤讓他的大腦出現短時間的當機。

就在這片刻間，攤位裡唯一的男性也注意到他的存在了。

容貌俊美得過分、五官比例簡直像飽受上天偏愛的青年，慢條斯理地從書中抬起頭。他的眼睛是偏向妖冶的桃紅色，左眼角下還有一點淚痣，登時將那份收斂的妖冶氣息放大了幾分。

粗略看去，會以爲青年的髮絲是淡金色，但倘若再細看，就會發現那原來是更爲淺淡的白金色，襯得他一身肌膚更是白皙。再加上那套合身優雅的榴華制服，讓他像極了貴族子弟。

假使這地方還有其他女孩子，馬上就能收獲一張張酡紅害羞的臉蛋。

但這裡現在就只有毛茅一個人，性別男，愛好女。

就算攤位裡的青年長得再怎麼美若天仙，毛茅的內心也毫無波動。

毛茅迅速從錯愕中拉回神智，他先是對著那位學長無辜地笑笑，佯裝自己只是碰巧路過，隨後眼神一飄，正好撞見了擱在桌上的三角立牌。

「除污社」三個字，被人用相當隨性，或者說散漫的字跡書寫在上。

毛茅決定要是逃課成功，他就發LINE告訴林靜靜，對方心心念念的除污社就藏在這個小角落。

他的腳步一動，準備要換條新的蹺課路線，他可不打算當著這個不知道名字的某某學長面前爬牆。

尤其這學長盯住他的眼神，莫名地令他想到待宰的豬隻。

……噢，那頭豬百分百是指自己。

可毛茅的腳尖剛那麼一動，坐在棚裡的金髮青年就像有所感應地坐直身體，嘴角拉開一道弧度。

青年冷不防地一彈指，即使是這麼個小動作，也流洩出一股子從骨子裡散發的貴氣。

毛茅可沒多餘的心思留意青年貴不貴氣還是嬌不嬌氣，他聽到對方說：

「抓住他！」

話聲方落，前一刻這個僅有兩人在場的偏僻地帶，竟然猝不及防地閃現出了兩抹身影。

毛茅的嘴巴張得更大。

從左側跑出的，是體型纖細但擁有豐滿胸圍的橘髮少女，明麗中雜揉純眞的面容令人驚艷且過目難忘。

一言以蔽之，堪稱童顏巨乳。

毛茅發誓，要是對方能再大上十五歲以上，他肯定立刻馬上向她表白，熱情追求！

腳步聲猶在快速接近，啪嗒啪嗒的，無形中似乎發散出迫人的力道。

毛茅的目光趕緊再轉向右邊，他的金眸瞠得又圓又大。

第一眼。好高壯的學姊啊！

第二眼。那身材塞在明顯小一號的衣服裡，撐得衣服簡直要爆了。

第三眼。我的媽……原來那不是女的，而是男的！

毛茅被觀察到的眞相驚得倒吸一口氣。

在毛茅眼中活像是金剛芭比的，是名身形高大的灰髮青年。略長的髮絲落在一邊肩前，五官精緻卻又不帶一絲女氣，一雙冰藍色的眼珠在日光下宛若結凍的湖面，滲著冷氣，但又清澈無比。唯一稱得上可惜的，大概就是他的臉上缺乏表情，像戴了一層面具。

不論是橘髮學姊或灰髮學長，兩人毫不減慢的速度，擺明了就是在執行那道抓他的指令。

面對來自雙方的包夾，毛茅的動作也不慢。

這個小個子的男孩不假思索地加速向前躍跳，像頭小豹子般敏捷攀在牆垛上，再一個巧勁，剎那間便跳下了圍牆另一邊，消失在校園外。

確定訊息發送成功，毛茅收起手機，心情愉快地散步在街頭。

他已經將傳說中除污社的攤位地點發給了林靜靜，就看對方能不能及時堵到了。

沒將方才那三名略有古怪的學長姊放在心上，紫髮男孩悠閒地繞進一家便利超商內，照慣例先走到雜誌區，對著擺在最下層的成人雜誌封面，嚴肅地評頭論足一番，然後感嘆一聲。

「不夠熟啊，韻味也還差了點。不過胸眞大，這個可以給好評。」

好在四周無人，否則定會對他的發言側目不已。

毛茅摸摸自己的臉，確定憑這張一看就是未成年的臉蛋，超商店員百分之百不會讓自己買下雜誌的。

只好有機會再去常去的那家小書店了。

不能買書，毛茅也不虧待自己。他買了根冰棒，一邊舔，一邊慢悠悠地走出了超商大門。

然後他一路維持的好心情就到底了。

毛茅險些掉了手中冰棒，他瞪大本就圓滾的金眸，像是一隻受到強烈驚嚇的貓。

左邊，橘髮大胸的美少女揚著甜美笑靨。

右邊，灰髮、高大、還穿女裝的青年面無表情地盯著人。

靠靠靠靠靠！還來啊！毛茅在心裡哀號，他開始後悔自己幹嘛不先跑遠一點再買冰棒吃。

早知道就不要在學校後面的這間超商買東西了！

可不管毛茅多麼懊悔，再度從兩側包夾他的少女和青年，自是不會得知他的內心想法。

不待毛茅有任何反抗的動作，兩條人影像箭矢般射出。

一個眨眼間，就緊逼手拿冰棒、頭髮翹了一撮小鬈毛的紫髮男孩。

「有人當街綁架啊！」毛茅大叫一聲，冰棒咬嘴裡，雙腳就要衝過馬路，直奔對面的人行道。

可惜腿的長度註定了很多事。

例如，腿短的毛茅終究還是沒跑贏腿長的橘髮少女和灰髮青年。

灰髮青年比起同伴還要快上好幾拍。

他的身手矯健，出手迅如雷電。

毛茅的眼角瞥過晃過的灰影，緊接著他就感覺到後方的背包傳來一道猛烈的拉力。

什、什麼？驚訝在毛茅大睜的眼裡掠閃過。

下一剎那，個子矮小的男孩子就被當成米袋扔了出去，不偏不倚地撞往橘髮少女的方向。

然後，毛茅就發現自己深陷一團富有彈性的柔軟當中。

「抓到你了，學弟。」橘髮少女笑吟吟地說，那雙深棕色的眼睛甜蜜又溫暖，就和她渾身洋溢的氣質一樣。

宛若春天盛開的美麗花朵。

只是毛茅卻沒機會多凝望那張明媚艷麗的容顏幾秒，他的頭被迫埋進少女胸前，耳邊是對方開心的喊聲。

「學弟真的好可愛啊！好迷你、好嬌小，可以被我一把抱住耶！烏鴉，你要不要也來抱抱看？」

毛茅奮力地揮動他的雙手，試圖爲自己掙取人權。

他不想被女人以外的生物抱啊，一點都不想！管那個金剛芭比學長是烏鴉還天鵝！

最重要的是……

學姊，我眞的快窒息了，求讓我從人間胸器中死裡逃生吧！

毛茅總算是逃過死於埋胸的危機。

伸出援手的，是那個就算在校外穿著女生制服，也看不出半點不自在的灰髮學長。

被暱稱是「烏鴉」的學長，全名其實是白烏亞。

諧音乍聽之下的確很像烏鴉。

至於人美脾氣好、身材還一級棒的橘髮學姊，她的名字是木花梨。

爲免毛茅再度逃跑，木花梨和毛茅並肩行走，還用一條毛茸茸的髮圈將兩人的手綁在一起。

後方是白烏亞負責壓陣。

毛茅眼尖地注意到髮圈上的裝飾玩偶似曾相識，那個灰撲撲的大星星，他相信自己曾在哪裡看過。

腦中飛快搜尋一圈，他從記憶櫃中找到相對應的畫面了。

就在大毛曾嫌棄過的一個節目上。

冥王星寶寶，一個專門給三歲以下幼兒觀看的卡通節目。

「木學姊。」毛茅說，「妳這個髮圈……這是冥王星寶寶裡的主角之一對吧？」

「哎哎哎？毛茅你知道啊！」木花梨又驚又喜，罩上一層光彩的臉蛋更顯動人，「我每天都有按時收看冥王星寶寶。這個，這是我最喜歡的角色，叫作小灰。我有收集很多它的相關物品呢，我的書包上也有掛著一個小灰娃娃，我身邊幾乎都沒人知道這是什麼呢。」

毛茅摸摸鼻子，決定還是別說實話。

要不是他家胖貓對那節目露出猶如看智障的表情，他還真不曉得冥王星寶寶是什麼玩意。

不過他也沒打斷木花梨興奮的話語，時不時還點頭應和幾聲。

說到後來，反倒是木花梨自己停下話題。她羞窘地笑了笑，「不好意思啊，因爲平常沒人可以和我討論，我的朋友也都覺得我的喜好怪怪的，就連我喜歡的人也是……」

所以久了，她也不太主動和人解釋自己帶在身上的飾品是什麼，通常就笑笑地帶過。

「不怪啊。」毛茅認眞地說，「會這麼覺得的人，只能說眼界太狹隘啦，肯定是沒看過更多奇奇怪怪的東西。」

有誰小小聲地「嗯」了一聲，像是在同意毛茅的言論。

毛茅耳尖，下意識扭過頭，看向和他們倆保持了起碼有一臂之寬距離的白烏亞。

或許是解讀出毛茅納悶的目光，灰髮的女裝學長說：

「嗯，不怪。」

這一回音量有放大一些。

「木學姊妳看，白學長也贊同呀。」毛茅說。反正都逃不了追捕，他乾脆心情放鬆地和兩名學長姊交談，「對了，我可以問一個……不，還是兩個好了，我能問兩個問題嗎？」

「當然可以的，毛茅你想問什麼？」木花梨鼓勵他說出口。

「唔，第一個是……」毛茅撓著頭髮，挑選著適當的用詞，「白學長平時……就習慣這樣打扮嗎？感覺這套制服對他太小，而且好像太緊繃了些。」

假如有女裝癖好，對衣物的舒適度和美觀度，應該都有一定程度上的要求吧？

但是白烏亞這情況，怎麼感覺好像是沒衣服可穿了，只得將就拿這唯一的一套女裝。

「制服被潑到咖啡。」白烏亞的語氣有種置身事外的疏離，「時衛說社團只有一件可以換穿的衣物。」

「時衛？」毛茅困惑地問。

「就是社長呢。」木花梨說。

「噢！」毛茅也笑了，「那個突然要把我抓住的怪人。」

「咳咳咳……」無形中也被歸類爲怪人的木花梨不好意思地飄開了下視線，不敢直視那雙炯亮的金色大眼睛，「毛茅，你的第二個問題是？」

「其實，就是那位怪人社長爲什麼要抓住我？」毛茅率直地問出口。

「這個啊……」木花梨刮刮臉頰，回頭朝白烏亞遞了一記眼神，「就是愛才若渴吧？也可以說……」

「狩獵新生。」白烏亞補充，「友善的說法。」

不，這聽起來更不友善了好嗎？毛茅的吐槽在舌上轉了一圈又吞下。

「那麼，除污社爲什麼要狩獵我啊？當事人的我應該能弄個明白吧？」

「毛茅，千萬別在社長面前說我們叫除污社。」木花梨連忙糾正，「不然社長會很不高興的。他說那不符合他的美感，他實在難以接受。」

「嗯。」白烏亞又恢復單音節。

毛茅大抵上摸出兩名學長姊的個性。一個是面癱，似乎不太習慣說話；一個是人美脾氣好，身材一級棒還胸大！

而且，都相當聽從那個叫時衛的怪人的命令。

毛茅沒再多問什麼，自己都先說只問兩個問題了，眞正的男子漢就是一言既出，駟馬難追。何況，他也察覺到，所有的疑惑都必須要到時衛的面前，才能獲得解答。

不過除污社不叫除污社，還能叫什麼啊？清潔社？打掃社？

等到毛茅被押回榴華高中的社團大樓，並一路來到最頂層的五樓後，他頓時知道了答案。

據說符合社長大人美感的社團名字，被龍飛鳳舞地寫在那扇通往五樓的門板上。

強勁有力地誇耀自己的存在。

除魔社

被現任社長強制私下改名的除魔社辦公室，就位在社團大樓的五樓。這裡的五樓，指的是字面上的整層五樓。

率性寫著「除魔社」的大門，必須要有特製的感應卡才能打開。一般學生就算好奇想打探究竟，也只能無功而返。

隨著門扇的開啓，映入毛茅眼中的景象——

嗯，出乎意料地平常。

他原本都抱持著會見到類似太過前衛藝術般的室內設計了。

沿著回字形大樓繞一圈的對外走廊，多間教室門上分別掛著標榜自己作用的木頭牌子。辦公室、會議室、資料室，還有由多間教室打通的大型實驗室。裡頭除了瓶瓶罐罐還有試管林立之外，就是太多毛茅認不出的器材。

木花梨帶著毛茅在外邊走了一圈，熟悉一下環境，這才和白烏亞一塊將人領到離樓層出入口最近的辦公室。

裡面只有一個人。

白金髮色的貴氣青年似乎沒意識到他人的到來，他神色寡淡，嘴角微勾起的弧度更像是習慣，而不是眞心含笑。垂下的雙眼彷彿在專心注視什麼，直到木花梨柔和的嗓音拉回他的注意力。

「社長，我們把毛茅帶回來了。」

時衛抬起頭，將前一秒獲得他注意的東西往桌上一擱。

毛茅踮起腳尖，偷瞄一眼。

那位社長大人原來在打手遊呀。

「想看就大方地上前看。」時衛捕捉到紫髮男孩的小動作，他漫不經心地說，「別畏畏縮縮的，除魔社的人怎麼可以膽子小。」

「我覺得有一點錯誤必須糾正過來，從頭到尾，我都沒記得自己有加入過哪個社團，更別說是你們……唔，除魔社了。」毛茅邊說邊不客氣地往前走，目光大剌剌地打量著周遭環境。

氣勢上一點都沒新生會有的畏縮、怕生，反倒像是初生之犢不畏虎。

時衛坐在最前端明顯是主位的位子上，他的前方還有兩張大長桌，足夠讓十幾人坐下都沒問題。靠牆的地方是幾個塞放書本和文件的黑色書櫃，櫃面還以金銀紋路裝飾，靠角落則是看起來柔軟的沙發或單人限定的懶骨頭。

如果不是知道自己還在榴華高中裡，毛茅眞難想像，這會是一間學生社團專用的辦公室。

「時衛學長。」毛茅直接站在時衛面前。他個子小，可氣勢上一點也不弱。他神情自若地直視那雙天生泛著妖異的桃紅色眼睛，「強迫人入社是不對的，這違反我的人身自由還有權利，雖然我很高興見到來抓我的其中一位是大美人。當然，是指性別為女的那一位。但我還是要鄭重地申明……」

不是三十歲以上的美麗女性來脅迫自己的話，他是絕對不會簡單就屈服入社的！

毛茅是打算如此鏗鏘有力地表達自己堅定的立場，但未竟的句子無預警被橫插進來的女聲打斷。

「花、梨、學、姊！」

清脆的女聲闖進辦公室，一塊進來的還有一抹嬌小人影，燦亮的金色雙馬尾隨著主人的動作充滿活力地晃動。

「薄……薄荷！」木花梨嚇一跳地轉過身，一隻手臂馬上被人親親熱熱地摟抱住。

金色雙馬尾少女笑靨勝花，棕色的眸子掩不住裡頭的喜悅。

和木花梨的明媚溫柔不同，金髮少女給人的感覺像是淋了蜂蜜的小蛋糕，甜美可口。

毛茅沒漏掉木花梨在被摟住胳膊的那瞬間，雙頰飄上薄紅，原本的笑容多了幾分喜悅與傻氣。

毛茅眨眨眼，趁機掩飾滑過的若有所思。

「咦？你是誰啊？」薄荷勾著木花梨的手臂，棕眸在瞧見毛茅後登時睜大，「好矮喔，真的是高中生嗎？不是偷溜進來我們榴華的國中生吧？國中部的老是有人喜歡做這種蠢事。」

「不是的，薄荷妳誤會了。」木花梨好聲好氣地解釋，「毛茅是……」

「一年級生。」和所有人都拉開距離，獨自坐在最邊角的白烏亞忽地開口，「時衛選中他。」

「選中」兩字彷彿帶有某種魔力，讓薄荷霎時沒了聲音，一雙眼睛吃驚地瞪得更大。

毛茅悠然自得地任人緊緊盯著自己看。

可下一秒，薄荷就噘起嘴，將木花梨的手抱得更緊，「被選中就被選中，但是花梨學姊已經是我的直屬，新人也不准跟我搶！」

紫髮男孩攤攤手，做個「請隨意」的手勢，雖說他壓根聽不懂這串像在打啞謎的話。

「薄荷！」木花梨臉上的紅暈更明顯了些，「什麼搶不搶的……妳、妳想太多了啦！」

「哪有，我這叫未雨綢繆。」薄荷不滿地說，「所以，小高一你和花梨學姊都一樣是隱性？不然怎麼有辦法被社長選中？」

隱性？又是一個毛茅聽不懂的術語。

「小不點，看我這邊。」時衛勾勾手指。

毛茅很想裝作不知道時衛在叫誰，偏偏在場的所有人當中，就是他最矮。

「小不點」這個稱呼，他不認也得認。

「我還有很大的長高空間的，時衛學長。」毛茅撇撇嘴，「肯定能比你們都還要高。」

「喔，我向來同意人有作夢的自由。」時衛毫不在意地說，「你想知道什麼？」

「可多的呢。」既然地位明顯最高的金髮青年都擺出任你問的姿態了，毛茅也不客氣。他選中柔軟的懶骨頭沙發，一屁股坐下去，稚嫩的臉蛋上卻勾起一抹不符合外表年紀、遊刃有餘的笑容，「不如就先來說說，學長你選中我什麼？除污社又是做什麼的？」

「是除魔社。」時衛眉頭蹙起，「除污社聽起來實在太有損品味。」

「行行行，除魔就除魔，總不會是要人去打什麼妖魔鬼怪吧？」毛茅隨口一提。

誰知道竟然換來木花梨的驚嚷聲，「毛茅，你怎麼知道!?」

……謝謝，他現在知道了。毛茅閉上嘴巴，等著有人來為他解釋清楚。

「花梨學姊，他怎麼看都是瞎矇到的。」薄荷嘀嘀咕咕，「他哪會曉得我們社團在幹嘛，隱性就是遲鈍得討厭……當然只有學姊例外，我可是最喜歡學姊了！」

木花梨寵溺又無奈地笑笑。

「正確來說，不是妖魔鬼怪。不過對於平凡人來說，大概是大同小異的東西吧。」時衛打開桌上闔起的筆電，一會後又把螢幕轉至毛茅的方向。

那是一張照片。

晚上的公園，昏黃的路燈照亮地面，除此之外沒有任何異樣。

「讓我確認一件事。」時衛說，「你看到什麼了？」

「樹、草、路燈、地面，某個不知道位在何處的公園一角。」毛茅回答，「你認爲我還應該看到什麼？」

在旁的薄荷發出低低的嗤笑聲。

「薄荷。」木花梨小聲地責備著。

時衛沒進一步的說明，只是指尖輕敲著桌面，「你是個未成熟的隱性。我可以肯定地說，你的體能和速度都比普通人好上非常、非常多，對嗎？還有，敏銳的直覺、神祕的第六感。」

毛茅的雙手圈在胸前，小臉還是滿不在乎的神情，只是他的動作無異洩露了戒備出來。

「那不是壞事。」白烏亞的嗓音從角落飄出。

紫髮男孩還是抱著手臂，不過挺起的背又躺回沙發內。

「簡單地說，我們上頭還有人，那才是正式的組織，私人企業，沒暴露在民眾面前的那種。學校裡的社團成員就當作是實習生。」時衛懶洋洋地拖長調子，嘴角是似笑非笑的弧度。

「而實習生的職責就是幫忙清掃一些從土地裡產生的髒東西，你可以叫它們爲『污穢』，一種超現實的怪物。放心，實習生一開始只負責刷刷地板，把污穢造成的髒污掃乾淨就行。」

「這聽起來眞像清潔人員呢……」毛茅喃喃地說。

「你說對了，正式人員的稱呼就是『除穢者』。」社辦門外不知何時佇立著一抹人影，他含笑的嗓音似三月春風徐徐襲來。

「校長？」毛茅一眼就認出那身白袍，還有那深藍色的大辮子。

看見澤蘭就站在門口，其他學生立即也喊出聲。

卻不是「校長」兩字，赫然是——

「老師？」

「老師，你來了！」

老師？榴華的校長先生難不成還有兼任科任老師或是班導嗎？毛茅驚訝地想。

「又見面了，毛茅同學。」澤蘭溫和地打聲招呼，「我是除魔社的指導老師。」

「老師你好，老師再見。」時衛站起來，微笑道，「慢走不送，實驗室在門外左手邊。」

毛茅皺皺鼻尖，覺得自己嗅到無形的硝煙味。

但下一秒，眞相就讓他反射性自沙發上跳起來。

因爲時衛板著臉說，「這是我新找到的隱性，別再想把他帶到實驗室做實驗。澤蘭老師，你的興趣有時候眞的很糟糕。」

「怎麼會呢？你想太多了，時同學。」澤蘭還是一派溫柔，「我在做實驗都是很謹愼小心，還有安全的。你知道，我願意爲實驗奉上一切。」

「喔。」時衛冷漠地回應。

毛茅瞄瞄木花梨，再瞄瞄白烏亞。前者是大胸美人，可旁邊的美少女虎視眈眈地狠瞪著自己；後者對上他的視線，朝他招了招手。

毛茅果斷往白烏亞那邊尋求避難，只不過在靠近的時候，對方忽地伸出手，示意他和自己保持一定的距離。

毛茅也不在意，有些人就是不習慣私人領域被侵犯。

從白烏亞至今的表現來看，他大概就是這類人。

時衛和澤蘭兩人之間，此刻像是正在迸綻出啪滋的電光。

「白學長，校長他喜歡做什麼實驗？」毛茅壓低聲音問。

「研究隱性和污穢。」白烏亞說，「老師穿白袍，就是因爲會常待在實驗室。他認爲，白色可以更清楚地研究濺到衣服上的東西，例如血液。」

這聽起來就有點變態了。毛茅可沒料到溫柔美男子還有這樣的一面。

「毛茅，你有養貓？」

突然轉換話題讓毛茅慢了幾秒才反應過來，「對，學長你怎麼……」

「你褲管上有貓毛。」白烏亞平板的嗓音倏地轉小，「你下次，可以帶貓來嗎？我喜歡貓。」

「行啊，只要學長不嫌棄那是隻胖貓，還長得醜。」毛茅大方地答應。

白鳥亞像肌肉凍結的精緻面容，倏忽間綻放出淺淺的笑意。

明明是一名高大、能輕易給人壓迫感的灰髮青年，笑起來卻有種純真的靦腆。

看得毛茅手癢癢的，好想摸摸對方的頭。

那邊的澤蘭和時衛也像是終於結束對峙。

澤蘭朝毛茅笑著揮揮手，「有空可以多來找我，實驗室一向很歡迎隱性的，毛茅。」

毛茅回予燦爛的笑容，然後堅定地發誓自己才不要接近那邊一步。

「下次我要在外面掛『長得醜的和澤蘭都不准進入』的牌子。」時衛臉上仍保持微笑，但口氣有絲咬牙切齒的意味。

木花梨爲難地說道：「社長，雖然你有作夢的自由……但這是不可能實行的。」

澤蘭可不只是社團的指導老師，他還是這所學校的校長，最高的領導人。

「嘖。」時衛不開心地咂舌，他的目光落至毛茅身上，再邁步至對方面前。他彎下身，用僅有彼此聽得見的音量耳語。

「你會加入的，小不點。因爲在說起怪物的時候，你眼睛眨都沒眨一下，那不是平常人該有的反應。你相信有怪物，還是，你知道有怪物？」

毛茅的眉毛連動都沒動一下，還是那抹好整以暇的笑意。

時衛站直身子，將出現細微縐痕的袖口撫平，「成爲除魔社的社員，會有許多一般學生沒有的福利。例如轉正職後，就等於有了一份好工作。」

「我放學後，有時要打工。」毛茅慢吞吞地吐出句子，態度顯露出鬆動。

「除魔社的人可以申請特殊獎學金。」

「我還有隻貓要養，食量還特大。」

「那就加上三年學雜費全免吧。」時衛輕描淡寫地說，「如何？」

毛茅咧出一口白牙，笑容閃耀如小太陽一般。

「成交！」

第三章

入社的事情就這麼拍板定案了。

毛茅對決定的事向來不會後悔，畢竟眞男人可是從來不向後看的。

豪爽地簽下入社申請書，毛茅開口問，「所以實習生要負責刷地板對吧？哪時候開始刷？要去哪刷？打掃用具是社團提供嗎？」

「你也太心急了吧，小高一？」薄荷取笑道：「想刷地板，也得等你看得見要刷的東西才行呀，你現在什麼也看不見。」

「要對學弟好一點。」木花梨對雙馬尾少女不贊同地搖搖頭，「薄荷，妳別欺負他。」

「我哪有……」薄荷委屈地說，「我明明是實話實說。花梨學姊妳一定是不喜歡我，喜歡新來的小高一了……妳是不是想當他的直屬？」

「才、才不是，我哪會不喜歡妳？」木花梨手足無措地想要安慰人，美麗的臉蛋染上令人難以忽視的紅暈，「眞的，我最喜歡妳了。而且我已經是薄荷妳的直屬了，毛茅學弟的直屬會是由……」

「就由烏鴉負責帶人。」時衛手一揮，點名白烏亞，「烏鴉，你找一些新人該看的基礎書籍讓他帶回家。毛茅，以後白烏亞就是你的直屬學長，有事就找他。快死的話，我會再替你聯絡副指導老師，她同時也是我們的醫生。其他的事之後再說，反正沒有任何說明比實際體驗一次更有用了，對嗎？」

「沒錯。」毛茅回予愉快的笑臉，「我也這麼覺得呢。那我可以先閃人了嗎？我猜，接下來暫時也沒我的事。」

「等我一下。」白烏亞出聲拉住毛茅已經迫不及待抬起的右腳。

他在書櫃前搜尋了一會，便將選定的幾本書遞交給毛茅，後者大略地掃過書背的文字。

《教你如何刷地板》

《教你如何活過四分四十四秒》

《教你如何不被怪打》

《教你如何成爲一個優秀的貓咪鏟屎官》

最後一本確定不是拿錯了嗎？毛茅眉毛抽動，可看在白烏亞的面子上，沒出聲詢問，只是乖乖地把書都塞進自己的包包內，再帶著笑意地朝社辦內的眾人揮手道別。

「掰啦！」

紫髮男孩離開的腳步很輕盈，他走得太快，沒聽見社辦內隨即又飄出白烏亞低低的嗓聲。

「你沒跟他說，一旦入社，除非被退社，否則不能退社。」

「啊，是嗎？反正現在跟他說，他也沒法退了。」

被退社，只能是由社團單方面決定。

不能退社，自己的意見、想法一律否決。

無論危險，無論生死。

毛茅絲毫沒有想到，他提早離席讓自己錯失了多重要的情報。

此刻，尚不曉得自己未來三年的高中生活已被緊緊抓攢在他人手中，紫髮男孩正重拾愉悅的心情，再接再勵地踏上逃課之路。

這一回很順利。

沒有女裝學長，沒有美少女學姊，也沒有怪人社長的阻攔，毛茅對於能在校園外呼吸新鮮空氣，感到很滿意。

滿意到他忍不住再打開一包洋芋片吃。

不知道爲什麼，毛茅就是特別喜歡這種能咬得「卡滋卡滋」響的零食。洋芋片當然是首選，再來是棒棒糖，或是其他餅乾也是可以的。

只是毛茅怎樣也沒預料到，他不過是專注在洋芋片上，一時分心、沒有仔細看前面的路，結果就在準備繞過轉角的那一剎那——

發生爆炸了。

眞的是字面意義上的小爆炸。

毛茅壓根沒反應過來發生什麼事，他只記得自己正要將洋芋片塞進口中，轉角後就有東西飛快地衝撞上來。

撞得他身子控制不住地往後退，前額有股疼痛迸開。

接著就爆炸了。

大量煙霧在毛茅眼前散開，耳邊還殘留著揮之不去的嗡嗡聲響，似乎隱約能聽見煙氣另一端傳來嗚咽的說話聲，像在喊著眼睛好痛之類的，更別說視線裡好像還有許多金星環繞。

好在除此之外，身體並沒有太多地方疼痛，頂多是額頭隱隱作疼，眼裡像有小沙粒入侵，加上白煙撲面而來，令雙眼忍不住冒出淚水。

「咳咳咳……」毛茅半瞇著含淚的眼睛，邊咳邊揮手，另一手不忘緊緊抓住他的零食，那可是還剩下半袋以上的洋芋片耶。

毛茅怎樣也想不明白，他好端端地走在路上，怎麼會碰上莫名其妙的爆炸？

難道是他邊走邊吃的天罰嗎？

也不對，那八百年前早就該爆炸無數次了。

異物感很快從毛茅眼中消失，他揉著一雙淚眼，在瞇細的視野中隱約看見有小小的……

那是什麼？

毛茅努力地撐大淚霧濛濛的金眼睛，卻只能勉強看見似乎是小小的、疑似人形的東西。有好幾個，而且它們速度飛快，一眨眼就消失得無影無蹤。

「臥槽，到底是什麼鬼啊……」毛茅覺得今天可以說集各種不幸於一身了。

想蹺課被校長拎進學校，被學長姊追捕，現在還碰上詭異小爆炸，瞄見小矮人般的影子。

「可惡，絕對都是大毛的錯，回去沒收牠的罐罐！」毛茅不客氣地將責任都推到家養的黑貓身上。

一定是牠今天早上叫醒自己的方式不對，開門的方式也不對，才會讓自己今天經歷了那麼多波折。

遠在住屋裡的大黑貓不曉得貓在家中坐，鍋也會從天上砸，莫名其妙就揹了黑鍋的牠無端連打好幾個大噴嚏，幾根鬍鬚還顫了顫。

好不容易，轉角處的白煙差不多都散盡，毛茅的視界內恢復清明，然而什麼也沒發現。路上沒人，也不見疑似爆炸物留下的痕跡。

方才的一切，簡直像幻覺。

毛茅茫然地又抓了片洋芋片往嘴巴裡放，壓壓驚。目光最末落至自己的腳尖前方，終於找到一個剛剛沒有，現在卻出現的……

雪白糰子。

這什麼？麻糬嗎？

毛茅撐起身體湊近，謹慎地觀察。

疑似麻糬的糰子上有幾條深灰近黑的條紋，表面還很緩慢地一起一伏，一吸一呼。

毛茅手指稍微用力，將白糰子一掀，頓時瞧見兩隻縮攏的短翅，還有小巧的尖尖鳥喙。

不是糰子，是隻鳥。

就是這小玩意引起剛剛的爆炸嗎？

還有剛剛疑似說話的聲音……是那些小人影還是這隻鳥發出的？

毛茅百思不得其解，猶豫了一下，最後還是把那隻圓得像顆球的小鳥撈起來，暗搓搓抱著晚餐說不定能加菜的心思，決定帶鳥回家。

食物香氣縷縷飄出來。

客廳桌子上放著一個紙盒，盒裡還鋪著柔軟的毛巾。

一顆毛茸茸的雪糰子，就被放置在上面。

繫著紅項圈的大黑貓圍著盒子打轉，燦亮的金眸評估似地緊盯著糰子不放。

隨著食物的氣味變重，原先毫無動靜的雪白毛球忽地顫了顫，接著一雙豆子似的黑眼珠慢慢張開。

第一眼看見的，就是一張巨大的黑色貓臉，可怕的金色眼睛湊得極近，隱約可見嘴裡露出的尖牙。

幾乎是下意識地——

「救命！有貓要吃鳥啊啊啊啊！有醜貓要吃掉我啊啊啊啊！」

雪毛球跌撞地往後滾，隨即才想到自己還有一雙翅膀，連忙奮力地撲騰著兩隻短小得令人懷疑怎麼帶動圓滾滾身軀的羽翅，拚命往高處飛竄。

「怎麼了？發生什麼事了？大毛你終於被自己設的補鼠夾夾到尾巴在慘叫嗎？」一抹人影立刻從廚房跑了出來，語氣莫名透出驚喜。

雪毛球的黑豆子眼睛瞠得更大。

紫頭髮的人類繫著圍裙，手拿平底鍋。從這角度，還能看到廚房爐上放著一鍋煮沸的湯。

撕心裂肺的哭號霎時在屋子裡拔得老高。

「不不不！有人類要吃我……要對我油煎煮炸，要把我吃得丁點也不剩啊！嗚嗚嗚！」

豆大的淚珠一顆顆地從黑眼睛裡溢出，砸墜下去。雪毛球哭得不能自已，一時間甚至忘記要拍振翅膀。

這造成下一剎那，屋裡的一人一貓都看見那坨本來在空中飛的白團子，筆直地往下掉，「啪唧」一聲地砸在地板上。

球好像都要砸成餅了。

眞可憐。毛茅腦內轉過這想法，可心裡一點同情的意思也沒有。

「別把客廳拆了，不然你們兩隻都等著被我下鍋啊，大毛。」毛茅揮揮手裡的平底鍋。

地板上的「雪餅」只聽見下鍋兩字，牠驚恐地一抬頭，黑豆子似的眼睛登即納入大黑貓有如不懷好意朝牠步步逼近的身影。

尖牙露得更多了，舌頭還舔了舔嘴……

要被吃了、要被吃了、要被吃了、要被吃了——

驚恐讓雪餅瞬間又炸毛成雪球。

雪球「砰」地又炸開。

「求不要吃我啊！嗚嗚嗚，我眞的不好吃的……」抽噎聲響起，跪坐在地板上的，赫然是一道比雪球大上無數倍的纖瘦人影。

少年一頭柔軟滑順的白髮，繫著齒輪髮帶，水藍色的大眼睛淚汪汪的，像是兩潭滿溢出來的湖水。

雪白衣衫將他以男性來說過於纖細的身材包覆住，過長的袖管幾乎遮住他一半的手掌，只露出手指的部分。身後衣襬有幾根黑色的長長分岔，乍看下就像是鳥類的尾羽。

少年一手撐在地板，一手摀著嘴，像個小可憐地哭哭啼啼，給人的印象就是軟綿得不行。

還特別好欺負。

「嗚嗚，人家不要被下鍋煮，也不想跟一隻又胖又醜的貓一起被吃掉……」少年的鼻尖和眼眶都泛紅。

「你說誰醜還胖？」磨牙的凶惡聲音傳出，隨即就是一抹黑影快狠準地揮出。

黑色的貓肉球不客氣地甩上白髮少年的臉上，肉球的主人踩在茶几上，在少年仰高臉的時候，貓貓拳快如閃電地再完成一套連打。

「放屁！朕明明就是貌美似花！」

梅花似的掌印接連在少年臉上浮現，噙滿淚水的藍眼睛震驚地瞪大。

無視少年猶如受到莫大傷害的神情，黑貓吹了吹自己的一隻貓爪子，金眼睥睨地看了過去，「你眼睛瞎了嗎？居然沒看清朕這麼光芒萬丈的美貌？」

白髮少年完全呆住了，他彷彿沒發覺到自己的雙頰已經被打得偏紅，傻愣愣地直瞪著和自己幾乎面對面的黑貓。

「你你你……」他嘴唇顫抖，藍眼看看黑貓，又看看好似沒什麼威脅性的紫髮男孩。

然後白髮少年想也沒想地蹦跳起來，像陣小旋風地衝向了男孩，雙手一抱，雙腳一夾，將人當成尤加利樹般地死命抱住不放。

「貓會說話！貓會說話！」少年哭唧唧地喊，「這隻會說話的貓還要吃我啊！救命，有妖怪！」

被比自己大上快半號的人猛力抱住，毛茅連前方景象都看不見了，他翻翻白眼，懶得糾正一隻會變成人的鳥，怎麼好意思說他家的貓是妖怪。

「下來。」

「不不不，我不要！」

「不下來，我就要用平底鍋砸你了，包准把你砸得連自己是誰都想不起來。」

白髮少年身子猛然僵直，連哭訴聲也像被誰按了暫停鍵。

毛茅才不管對方是受到什麼刺激，他俐落地將像膏藥緊黏在自己身上的白髮少年撕下，任憑少年以著嬌弱的姿態跌坐地板上。

白髮少年慢慢地眨動眼睫，淚珠從纖長的眼睫毛上滑落。

「請、請問，你們知道我……」

毛茅和黑貓的心裡同時閃過不妙的預感。

喔，不不不，千萬別是……

一人一貓暗暗祈禱。

白髮少年楚楚可憐地開口。

「我是誰？我在哪？發生什麼事了？」

毛茅和黑貓同時伸手（伸爪）拍上自己的額頭，他們最不想聽見的問題，還是從對方的嘴裡說出來了。

該死的三大哲學問題！

失憶者的標準必備台詞！

毛茅抹把臉，先回去廚房把平底鍋放下，爐火順道關了，再折回到客廳裡。他吐出一口氣，挽起袖子，接下來可麻煩了。

因爲他撿回了一隻會變成人，還擺明失去記憶的鳥！

由於堆疊的東西過多，看起來稍顯凌亂的客廳裡，二人一貓正在大眼對小眼，彼此不說話，如同在用眼神角力。

好吧，實際上在角力的只有毛茅和他的貓。

一定是你刺激了他，讓他失憶了。

屁，朕是那樣的貓嗎？你竟然敢懷疑朕的品德？

不是懷疑，是我從來沒相信過。

毛茅用從鼻間發出的哼笑，結束了這場角力。

覺得自己心很痛的黑貓亮出貓爪爪，然後一掌拍上雙眼噙淚的白髮少年。

「哭哭哭，哭什麼哭？」黑貓罵道：「朕都沒覺得你醜到讓朕才想哭。」

「什……嗚嗝！」白髮少年嚇得打了一個哭嗝，水汪汪的藍眼睛看著那隻明明比自己醜，還好意思反過來嫌棄他難看的黑貓。隨後他像是猛地意識過來，被袖子遮住大半的手震驚地指向對方，「你、你爲什麼會說話？爲什麼貓會說話啊！」

「嘿，鳥都能變成人了，貓會說話有什麼好大驚小怪的？」毛茅不以爲然地說。

他說得好有道理啊，我竟然找不到點反駁。於是白髮少年被這理由說服了。

「果然還是一開始就當點心吞掉才對，省得後面那麼多麻煩。」黑貓指責毛茅，「小毛，都是你的錯，朕就說這玩意可以讓朕塞個牙縫的。」

「大毛啊。」毛茅笑得又甜又無邪，「你敢再叫一次小毛，我就讓你連根毛都沒有唷。」

黑貓慫慫地夾住尾巴，不吭一聲，假裝自己是個背景板。

無視黑貓，毛茅站在白髮少年的面前，手指抵著下巴，打量地將對方從頭巡視到腳，再從腳巡視到頭，對這個能夠俯視人的角度很滿意。

「回答你的問題。第一個是不知道，第二個是你在我家，第三個是我在路邊看到你昏迷，把你撿回來的。」

「啊，那還眞是太謝謝你的救命之恩了……」白髮少年抹了抹眼淚，感激不盡地說，「你人眞的好好喔。我看你就覺得好有親切感，你該不會是我爸爸吧？」

姑且不論以他這年紀哪可能生得出比自己大的兒子，物種還全然不同，毛茅覺得有件事他必須先鄭重聲明。

「爸爸我沒有連貓都打不過的蠢兒子。」

「……喔。」

感覺自己被無比嫌棄了。

白髮少年低頭，對戳著兩根食指，驀地又昂起頭。

「你……你不覺得鳥會變成人很詭異嗎？」

「貓都能說話了，鳥變人有什麼好稀奇的。」

毛茅是用雲淡風輕的語氣說的。從頭到尾，他對這一切常人眼中的怪異都坦然接受，沒有顯露丁點不適應。

這從容的氣度大大折服了白髮少年，他的藍眼睛裡還是淚光閃閃，但已不再是之前的驚惶失措，而是浮上了崇拜。

「你……你簡直是就是我理想中的老大啊！老大！」白髮少年激動地叫喊，纖細的身子迅雷不及掩耳地往前一撲，抱住了毛茅的大腿，「老大，看在我將會是你忠心小弟的份上，留我吃、留我住吧。」

「喵的！你這傻鳥在開什麼玩笑？」黑貓一聽，再也當不了背景板，他憤怒地亮出爪子，

「朕不准這個家還有朕以外的寵物！」

「大毛先生，你想太多了。」白髮少年回頭說，「你是貓，我是人耶，你就好好當你的寵物吧。」

「呸！誰讓你喊大毛的？朕可是有個霸氣威武的名字，朕叫黑琅！」總算能替自己正名的黑琅吊高凶狠的金色雙瞳，爪尖閃著利光，「朕一爪就可以把你拍飛出去。」

「但、但他不是叫你大毛……」白髮少年委屈地說。

「大毛是毛茅叫的。」黑琅說，「至於毛茅以外的，只能喊朕陛下。」

「你陛下的話我就太上皇了。」毛茅拎起黑琅，打斷他高傲的自我介紹，「大毛，去廚房把湯重新加熱。」

「喔。」在白髮少年的面前再怎麼狂霸酷炫，黑琅一碰上毛茅就沒了氣勢。

「呃，他……你……」白髮少年不確定自己該先說什麼。

老大可以收留我嗎？

叫貓去廚房把湯加熱不會太爲難貓嗎？

毛茅蹲下身，拇指和食指冷不防捏上白髮少年尖細的下巴。要不是外表年紀小，那架勢還眞像紈褲子弟在調戲人。

「嗯，我對來歷不明的小弟沒興趣。」

「我我我，我會努力趕快讓自己的來歷變明的！」

「我還得打工養家。」

「我可以變回鳥形，迷你好攜帶，不佔位、吃得少，簡直是你出遠門時的好夥伴！還能幫你尋找寶物！」

「寶物！」

這異口同聲的喊叫，是來自毛茅和竄出來的黑琅之口。

兩雙金耀的眼睛亮得像點燃的火把。

「對……對！」白髮少年先被一人一貓的氣勢震住，接著他的眼睛也亮起來，底氣更足了，「老大、陛下，鳥類對亮晶晶的東西特別敏感，我還記得我很喜歡寶石之類的，所以一定能幫你們找到寶物，賺更多的錢！」

「行，那就暫時先收留你一個月。」毛茅爽快答應，「首先，你還記得什麼？除了喜歡寶石之外。」

「我喜歡、我喜歡……」白髮少年苦苦思索，視線無意識地往四周飄去，希望能從中尋找到靈感。當他看見那一疊疊被收在桌下，還有幾本零散擺出的雜誌，換他雙眼瞬亮。

那個！

或是雪白或是深褐的滑膩肌膚，曲線曼妙的胴體，清純又透著性感的姿態。

「我想起來了！」少年驚喜大叫，迅速將一本封面明晃晃打著「R18」的雜誌抓在手中，「看到這個，我就感覺心中湧起了澎湃的愛意！」

黑琅的白眼只想翻到頭頂上。媽的，又來一個跟毛茅一樣的小黃書魔人。

「啊，不過……」白髮少年的語氣忽然轉為失落，「就是胸太大了……要是能平的就更棒了。那種看似平坦，但又微微透露一些些弧度的胸，才真的叫好胸啊！」

「不。」毛茅嚴肅地說，「那叫邪魔歪道。我現在確定你還忘記什麼了，你遺失了對巨乳的堅持。」

「百分之兩百沒有，我愛貧乳。」白髮少年馬上竭力反駁，「我的心告訴我，這才是真理，才是正確的道路。」

黑琅忍無可忍了。

他喵的，這裡有兩個變態啊！

蠢蠢欲動的貓爪子克制不了衝動，於是黑琅決定替天行道。

「為、為什麼又打我啊……」白髮少年摀著臉頰，抽抽噎噎地說。

「因為朕就是喜歡毛茅的那張臉，捨不得。」黑琅高傲地舔舔貓爪，甩著長尾巴又回到廚房去了。

「別把人打腫了，萬一變回鳥，腫得飛不起來怎麼辦？你負責嗎？」毛茅朝廚房喊一聲。

白髮少年爲難地想，他到底該爲老大替他說話開心，還是該爲老大又黑他一把難過？眞難決定，做鳥怎麼那麼難呀。

「第二。」毛茅話鋒一轉，繞回正題，「以後你就叫毛絨絨。」

「咦？咦咦咦——」突然間就被賜名的白髮少年大吃一驚。

「這裡是我家，我地盤。」毛茅笑咪咪地說，金燦的大眼睛彎成弦月狀，語氣隨和，態度強硬，「要住我家啊，只要會說話、會喘氣的，都得跟我姓毛。」

「可是他……陛下他爲什麼能叫黑琅？」如今大名叫作「毛絨絨」的少年還想爲自己爭取一下，他也想要一個威武一點的名字。

毛絨絨聽起來太軟了。

「喊他大毛就行了，陛什麼下。」毛茅托著下巴，笑得天眞開朗，「我也有幫大毛取名啊，不然你以爲『大毛』兩字怎麼來的？當然也是表示他姓毛，至於全名嘛……」

「毛茅！」黑琅氣急敗壞的吼聲傳了出來，卻制止不了毛茅把話說完。

紫髮男孩笑嘻嘻地宣布答案，「就叫『毛病多』。」

毛絨絨閉上嘴巴，摸摸鼻子。

他突然認爲……

「毛絨絨」這名字實在太好聽了！

第四章

養著貓、撿了鳥，還加入了新社團，生活似乎應該變得多采多姿。

不過事實上，毛茅得說，還真的沒有。

雞飛狗跳倒是有的。

等等，糾正一下，是鳥飛貓跳。

大概是覺得在家中自己唯一寵物的地位受到了威脅，黑琅看毛絨絨就是很不爽。

這使得毛茅在家裡最常見到的景象就是——

大黑貓不客氣地對著白髮少年使用貓貓拳，完成一套流暢的連續技，然後就是白髮少年摀著被肉球拍腫的臉，以極少女的姿態跪坐地上，嚶嚶嚶地哭泣。

這種時候，一家之主的毛茅就會面不改色地扔一本小黃書過去。

一本不夠，就兩本。

毛絨絨立刻收了眼淚，雙頰染上興奮的紅暈，興高采烈地埋進書海之中。

就算和毛茅的喜好有著高山與平地的差別，但這並不妨礙毛絨絨欣賞美少女、美熟女的心情。

美麗性感或是清純可人的女性，都是世界的瑰寶。

這一點，毛茅和毛絨絨毫無疑問地達成了共識。

對此，黑琅不屑地哼了幾聲，轉頭就去尋找他今天的罐罐了。

附帶一提，黑琅是不吃貓罐頭的。他吃的都是人類在吃的高級罐頭，還會把屬於毛絨絨的份霸道地掠奪走。

毛絨絨就曾怯怯地說，「貓吃人類的食物，會送醫院的啊……」

「貓會說話嗎？」黑琅霸氣地一揮爪子，「朕會，這表示朕才不是那種被人類馴服的家養小玩意。」

毛絨絨看看毛茅，再看看吃完罐頭就叼起毛茅亂丟的雜誌，將之一一歸位的黑琅，決定還是別說話了，免得又獲得一記梅花腳印。

總之課照上，日子照過。

榴華高中的課業並不會太重，學校讓學生有更多的時間和精力可以發揮在社團上面，藉以從中學習團體合作還有人際關係。

可惜的是，雖然加入了在他人口中神神祕祕的除污社——好吧，時衛三令五申，毛茅決定以後還是都喊除魔社吧——不過毛茅至今，還未眞正地參與過所謂的實習活動。

頂多就是去那邊借個書、還個書，順便問問題，好多增加一些對除穢者的認識。

所以到現在爲止，除魔社在毛茅的心中還是神神祕祕的。

當其他人熱情地投入社團生活的時候，毛茅則是清閒得像個沒事人一樣，好像他來學校就是爲了上午等吃中飯，下午等放學。

這模樣讓班上同學有時會投來狐疑的視線，不懂這名紫髮男孩究竟有沒有加入社團。說有，但他又閒得很。

說沒有，偶爾下課時間卻又能見到校內同一社團的風雲人物前來找他。

毛茅慢了好幾拍才發現到，原來時衛、白烏亞、木花梨，還有薄荷，因爲擁有比一般人高上許多的顏值，私底下有眾多學生崇拜愛慕。

於是在同學們的眼中，毛茅的身上簡直像纏著謎團。

就連林靜靜都忍不住好奇。

她在班上可以說是和毛茅交情比較好的人了。

別看毛茅臉蛋可愛，性格討喜，還融合著一抹不符合青稚外表的豪爽，他和別人的交際卻都是偏於表面上的。任誰想再深入，都會不自覺地被帶偏話題，忘記自己原先想問的。

林靜靜知道毛茅加入的社團是除污社，她當初知悉時是大吃一驚。熱愛收集八卦的她自是不會放過機會，想從毛茅那探知一二。

但毛茅只是攤攤手，「就是要刷地板啊，累積服務點數什麼的……其他的，妳問我我也不知道。」

林靜靜抱持著半信半疑的態度，在她看見今天是白烏亞拿著書交給毛茅後，她瞄了一眼書名，然後同情地拍拍對方的肩膀。

《教你如何用不傷腰椎的姿勢刷地板》

原來毛茅說的是真的，他們就是在刷地板。

沒想到這年頭連刷地板都是要挑臉的，怪不得除污社裡全都是俊男美女，包括毛茅的那張臉也好看。

換個方向想，也難怪除污社要神神祕祕了。一被人知道是專門刷地板的社團，那高高在上的形象立刻碎得滿地。

「不過你們都是去哪邊刷地啊？」林靜靜問，「好像沒看你們在學校裡刷過？」

毛茅抱著他的洋芋片，卡滋卡滋地咬，嘴巴塞著東西，所以他含糊地擠出幾個音。

「木有刷過。」

「啊？」

「窩木有。」

「……你還是說中文吧，毛茅。」

「我是啊。」將嘴巴裡的餅乾吞下，毛茅說，「我說我沒有刷過，目前都只是單純看書學習而已。」

這點毛茅也沒騙人。

也許時衛是真的打算徹底執行用實際體驗來取代所有說明，所以毛茅對有關污穢啊、污染啊、怪物啊的事，仍舊一知半解。

對此，毛茅倒是毫不介意。空出來的課後時間剛好讓他能繼續打工為家裡掙點錢。

要知道，他現在也是拖家帶口的人了，一貓一鳥還在嗷嗷待哺地等他照顧。

要是僅靠他那位離家至今未歸的養父匯來的錢，他哪能長得像現在這樣皮膚滑嫩、身體健康還活力充沛。

「不過看書也不錯啊。」林靜靜安慰道：「不用做校外服務還是很幸福的，時間也方便利用。你看看我……」

毛茅馬上從善如流，用那雙像流淌著金艷岩漿的大眼睛注視著她。

林靜靜的心跳險些漏跳一拍，那張臉實在太可愛了。

想捏，想摸。

按捺住蠢蠢欲動的心思，林靜靜大嘆一口氣，趴在毛茅的桌子上，「新聞社很忙。我不討厭忙碌啦，但是最近眼睛好像有些怪怪的，想去看個眼科都找不出時間。」

「妳眼睛怎麼了嗎？用眼過度？小黃書看太多？」毛茅關切地問。

「……最後一個選項是怎麼回事？」林靜靜狐疑地睨了過去，「我看起來像是會看黃暴書籍的人……算了，原諒你。就是啊，我這一陣子看東西總覺得容易眼花，有時候好像會看到白白的……」

「或是黑黑綠綠的。」

一道聲音突如其來地插入，引得兩人同時轉過頭。

給人成熟艷麗感的茶髮少女苦著臉，哀聲嘆氣地加入毛茅他們的話題。

是十班的凌淨，林靜靜從國小就認識的好朋友。

也是那一夜，毛茅遛貓時碰上的另一名女孩子。

「林靜靜，我跟妳說。」凌淨抱怨地說：「我懷疑是不是我手機刷太凶，才會讓眼睛出問題……我最近看東西也跟妳一樣，偶爾會覺得多出奇怪的東西。」

「妳們倆要不要先去保健室，讓那邊的老師看一下？」毛茅提出中肯的建議。

沒想到不管是林靜靜或凌淨，兩名少女立即猛力搖頭。

「不去不去，才不想去的！」林靜靜舉起雙手，在胸前擺出一個大×的手勢，「從國中時就聽說過伊老師有點恐怖了。」

「伊老師？」

「就是我們高中部的保健室老師，她的名字很妙喔，叫伊聲。伊甸園的伊，聲音的聲。」

「聽起來就和醫生一樣耶。」

「對啊，可能老師的父母預知到她以後會當保健室老師吧。反正沒事可別去打擾伊老師，聽說她最討厭有人裝病，也討厭有人因爲一點小傷就在那哭天搶地的。」

「最嚇人的是，一般保健室老師不是穿醫生白袍嗎？但是伊老師……卻穿紅色的袍子。」

「最被大家相信的說法，是伊老師認爲血濺上去也不會弄髒紅袍，畢竟都同個色了嘛。」

還沒眞正見識到那位保健室老師，毛茅就已經先得知對方的威名了。

是說……她穿紅色長袍的原因，和校長穿白袍的原因，莫名地有種異曲同工之妙呢。

那廂，兩名少女還在煩惱著要不要去眼科預約掛號；這廂，毛茅支著臉，想著今晚要不要再出門打工，假如社團那邊沒有活動的話。

這念頭剛一落下，抽屜裡的手機無預警地震動一下。

毛茅摸出手機，滑開螢幕鎖。

還眞是想到什麼，就來什麼。

毛茅興致盎然地揚高了眉毛，看著手機上收到的新訊息。

來自除魔社的群組。

今晚九點，青蘿公園，社團校外實習。

青蘿公園。

對於剛搬來榴岩市不久的毛茅來說，是個陌生的地方，自然也不曉得它是座落在何處。不過身邊有個號稱八卦王的存在，毛茅當然不會捨近求遠，直接就向林靜靜打探情報。

那是個荒廢許久的公園，佔地廣大，在多年前還是榴岩市民常去運動散步的地方。但一場大地震後，地面迸裂出多條粗大的縫隙，有一部分還移位了，形成有著顯著高低差的地形。

那場天災讓青蘿公園成了危險區域，最末被市政府拉起封鎖線，禁止民眾闖入，現在則幾乎變成植物的樂園。

平常不會有人進入這個等同廢墟的公園，不過仍是有一些年輕人喜歡將那裡當作探險試膽的好去處。

就連榴華高中都曾經發過公告，要學生們千萬不要拿自己的安全開玩笑，違反者會以校規處分。

除了青蘿公園以外，據說當年的地震讓榴岩市的幾個地方也都因危險而被列爲封鎖區，禁止一般市民進入。

看著手機上跳出的諸多相關照片，紫髮男孩摸著下巴，深深理解到什麼叫植物的樂園。

幾乎都一片綠了嘛。

照片上是淺綠深綠，總之就是一片綠油油。

然而夜晚中的青蘿公園，可就沒照片上的那麼……嗯，生機盎然。

毛茅收起手機，抬眼看著距離自己大概十幾公尺遠的陰森森公園。

出入口的位置被多條黃色封鎖線纏繞著，還立著一個「危險區域，禁止進入」的告示牌。

這裡顯然沒有完全被斷電，公園內部隱約能望見幾盞路燈還亮著光芒。只不過這些照明，更讓整座公園看起來越發詭異。

過分繁盛的植物張牙舞爪地侵佔了眼所能見的各處，灰暗的外牆上散布著宛如斑駁油漆的彀狀地衣，那些林立的樹木上亦是纏繞著枝狀的長松蘿。

乍看之下，彷彿來到了一座小型叢林裡。

「眞是有氣氛啊……」毛茅感嘆地說，熠亮的金眸不見一絲畏色。

「簡直糟透了。」從毛茅的背包內傳來不滿的抱怨。

緊接著，一顆黑色的毛茸茸腦袋從背包裡擠出來，一雙金黃的眼珠在夜色中好似發著光，像兩簇亮晃晃的火焰。

黑琅批評地說，「你好好的家裡不待，跑到這種鳥不生蛋的鬼地方來幹嘛？」

「可是……人家本來就不生蛋啊……」又一個聲音委屈地說。

一團雪白自背包開口的另一角鑽出，短得可愛的翅膀拍拍幾下，恢復鳥形的毛絨絨落足在毛茅的頭頂。

「閉嘴，傻鳥。」黑琅恫嚇地說，「就算你會生蛋，也關朕屁事！」

「不不不，起碼鳥蛋很好吃的，可以免費替晚餐加菜呢。」毛茅似乎想起什麼美味般舔舔嘴。

毛絨絨抖了抖，慶幸自己還好是一隻不會下蛋的公鳥。

「所以你來這裡到底要做什麼？」黑琅沒得到答案不死心，「別跟朕說，你是要來這裡拔野菜的。」

「大毛，腦補太多也是種病，該治。我當初爲你取的名字果然沒錯嘛。」毛茅嘖嘖地說。

黑琅眞想咬他一口。毛病多？這什麼破名字？貓才不會喜歡好嗎？

「我是來參加社團實習的。」毛茅又說，「你們倆等等都得閉嘴，被發現你們會說話，就等著被抓去解剖吧。」

「咿！」

「啐！」

短短的驚鳴和不屑的哼聲，分別來自一鳥一貓。

但兩隻動物也曉得輕重緩急，在一般人的眼中，他們會被當作妖怪的——雖說他們明明就不是。

得到保證的毛茅再掏出手機，發了條訊息到社團群組。

我到了，要從哪個門進去？

白烏亞的回覆很快就傳來。

東門直走，然後看到噴水池。

「噴水池嗎？了解。」毛茅嘴角勾起笑，習慣性地撥了撥頭上的那撮小鬈毛，提步就往拉起封鎖線的公園大門走進。

從公園外面看，和親身待在公園裡面，感覺是截然不同的。

在大片深碧近暗色的植物樹木環繞下，令人不由自主地生起隨時可能會有野獸或怪物撲出的錯覺。

身處在這陰暗詭譎的環境，毛茅的步伐仍然輕快。他跨過地面的裂縫，跳上掀起的石板，那張稚嫩的臉蛋全然未見緊張的情緒，輕鬆得就像是參加遠足似的。

毛絨絨利用自己的原形之便，翅膀一拍，就飛到上空繞了一圈，很快又飛下來，告訴毛茅噴水池的位置。

過不了多久，紫髮男孩就見到那座早已乾涸的圓形噴水池。

不規則石頭堆砌成的底座前，或坐或站著三條人影。

分別是白烏亞、木花梨，還有薄荷，三人皆還穿著榴華的制服。

照慣例地，白烏亞仍是和人保持了距離，與另外兩名少女站得比較遠。

意外的是，沒有發現時衛的身影。

「真慢啊。」綁著雙馬尾的薄荷第一個不高興地出聲抱怨，「小高一你居然讓三名學長姊等你一個，其他人可都先走了。」

「是等三個才對。」飛回背包裡的毛絨絨嘀咕說。

黑琅一拳貓過去，讓毛絨絨閉上嘴巴。

「其他人？」毛茅吃了一驚，「原來社團還有其他成員嗎？」

「還有三個還四個吧。」有道女聲突如其來地響起，在闇夜中顯得格外沙啞，像是長期吸菸造成的菸嗓。

同時間，規律沉穩的腳步聲傳來。

鞋根敲打在路面，發出的聲音充滿著節奏與力量。

「其他學校的實習生，他們有時會派人過來交流交流。時衛告訴我的數字老是變來變去，他說那些人長得一點也不符合他的美感，他不喜歡浪費腦內空間去記住他們。不過我也無所謂，反正在我眼裡大部分人都像白麵饅頭，或是有點特色的饅頭。唔，有時還會出現蛋糕。」

很快地，毛茅就看見腳步聲的主人。

高瘦的身軀罩著一件宛若醫生會穿的長袍，只不過顏色不是雪白的，竟是給人不祥觀感的血紅色。

紅袍主人是名年紀看起來二十出頭的年輕女性。她戴著黑框眼鏡，差不多及肩的髮絲是黑白交錯，形成獨特的風格。那頭半長髮被亂糟糟地紮綁成短馬尾，讓她的臉部線條更加鮮明深刻。她的嘴裡像叼著菸，鏡片後的眼眸亮得驚人、也凌厲得驚人。

僅僅是站立在除魔社的幾人面前，就令人感受到撲面而來的銳利感，好比是一把離鞘的利刃。

「唷。」女子將含咬著的東西拿出，居然是一支球形的棒棒糖。她扯開嘴角，隨性地朝毛茅他們打著招呼，「小兔崽子們，晚上好，我發現你們之中有隻迷你兔啊。」

「那肯定是最可愛也最凶猛的迷你兔啦。」毛茅泰然自若地咧開笑容，「那個棒棒糖的顏色……是前陣子出的星球棉花糖嗎？」

「嘿，你居然是個識貨的。」短馬尾女子低啞地笑起，「你的小鬈毛挺不錯，我可以靠這來辨認你了。」

「辨認？」

「我看人有些臉盲。」女子漫不在乎地說，「許多人在我看來都是白饅頭，時衛是紅絲絨蛋糕，澤蘭是一看就令人懷疑有毒的藍色起司蛋糕。」

「所以我是有小鬈毛的白饅頭囉？」毛茅興致勃勃地問，「如果我拿棒棒糖賄賂的話，地位會不會提升一點？」

「就看你的誠意囉。」伊聲似笑非笑地說。

「棒棒糖那種東西，現在根本不重要吧？」薄荷急躁地打斷女子和毛茅的交流。她惱怒地蹙起細眉，不滿的目光暗暗瞥向了毛茅，再轉回女子這方，「伊老師，爲什麼妳會在這裡？平常不都是社長負責帶我們的嗎？」

像是在回答薄荷的疑問，在場數人的手機忽地都發出了收到訊息的提示音。

他們下意識地拿出手機查看。

是時衛發給除魔社群組的。

——就想辦法撐著吧。

「別擔心，我會好好照顧你們的。」紅袍女子微微一笑，笑裡浸染著剽悍的野性，「在你們快要掛掉的時候。」

「聽起來眞是令人安心呢。」毛茅笑嘻嘻地說，「伊老師，請問妳是……」

「伊聲。伊甸園的伊，聲音的聲，你們除魔社的副指導老師。」伊聲單手插在紅袍的口袋，漫不經心地說。

毛茅記得這名字，他今天才從林靜靜她們口中聽過——那位在學校裡令人聞風喪膽的古怪保健室老師。

沒想到，對方原來還是他們社團的副指導老師。

「迷你兔，你叫毛毛，對吧？時衛告訴過我，你還是個未成熟，但肯定能成熟的隱性。所以……」伊聲說，「這個是給你的。」

話聲方落，一個手環就朝毛茅拋了過去。

毛茅看著抓在掌心裡的金銅色手環，指腹摩挲過鑲嵌在上面的各色晶石，隨即他拋了個詢問的眼神給伊聲。

「原理構造我們就直接省略吧，說了也聽不懂，反正把這一切當成科學與魔法的結合體就好。至於該如何使用，不如讓人示範吧。」伊聲笑了笑，「聽說烏鴉是你的直屬，那就由他來。」

靜默的高大青年走上前一步，將制服袖管稍微撩高一些，他的手腕處也佩戴著一個相同的金銅手環。

接著，白烏亞在紅石的位置點按一下。

讓人吃驚的事發生了。

前一秒猶穿著榴華制服的灰髮青年，在下一秒竟改變了整身的服裝。

速度之快，幾乎用不著幾個眨眼。

「哇！」毛茅驚詫地喊道：「白學長再這樣下去，我真的會懷疑起你的喜好了。」

毛茅會這麼說的原因很簡單。

白烏亞在完成一鍵換裝後，身上的男裝……竟然是變成了女裝。

「這又是誰這麼無聊？」伊聲舔了舔棒棒糖，不以爲然地說，「烏鴉原本那套才帥啊，寬肩、大長腿還有胸肌，現在全被這衣服破壞了。」

「出了點問題，手環送修。」戴著墨黑貝雷帽的白烏亞說，那張精緻的臉孔還是平靜得像戴著面具。即使身穿稍微緊繃的華麗女裝，似乎也未曾讓他產生任何不自在。

袖口滾著荷葉邊的長袖白襯衫，暗紅的背心連身短裙，腰間纏著數條漆黑的皮帶，綴著齒輪與金屬鐘錶。繁複的層層黑紗像是禮服裙襬般垂墜在地，兩條肌肉結實的長腿被塞進黑色的高跟長靴內。

假如穿著這身的人不是高大的灰髮青年，毛茅覺得畫面會更美好。

「所以，這手環是時衛那小鬼給你的？」伊聲咂下舌，「提醒我下回見到他，要當面質疑一下他的品味。」

這衣服可一點也不適合白烏亞來穿。

「是澤老師給的。」白烏亞說。

「喔！」伊聲露出個恍然大悟的表情，「那沒事了，我從來沒對他的品味抱過希望。再來換你，迷你兔。」

毛茅先放下包包，再依樣畫葫蘆。他按下手環上的紅石，隨即一陣閃光亮起，眨眼間便將他包圍住。

然後又是一個眨眼。

前一刻還穿在毛茅身上的輕便衣物，瞬間徹底變了個樣。

他備感新奇地低下頭，檢查著自己現下所穿的服裝。

和白烏亞的社團制服一樣，毛茅身上的這套亦是以暗紅色作爲基本色調，但整體造型風格則像是爲他量身打造。

只見紫髮男孩頭戴一頂貓耳帽，帽前掛著大大的金邊護目鏡。白色的長襯衫蓋到了接近短褲邊緣，只讓人看見一截。黑色馬甲背心勾勒出他尚未發育好的纖細骨架，腰側邊還有一個同樣有著貓耳朵的小腰包。

而不論是馬甲背心或腰包上，都裝飾著齒輪和鐘錶面盤。

躲在背包內的毛絨絨張口結舌，身邊的黑琅倒是鎮定得很，只是抬起貓掌，摸摸下巴。

「這美感還行，比毛茅平時自己配的那些傷眼睛衣服順眼許多了。有聽說這一、兩年的實習生統一換了制服，原來是長這個樣啊……」

沉浸在愣然裡的毛絨絨沒聽見黑琅的喃喃自語，否則他一定會因話裡透露出的太多線索而大吃一驚。

「這可眞酷啊！」毛茅忍不住讚歎地說，「一鍵換裝，服裝品味也不錯，我喜歡。」

「社長聽了會很高興的。」木花梨笑著說，「社長覺得以前的社服太難看，對上面提出了更換樣式的要求。」

「不過協會認爲不能只有我們榴華搞特殊。」伊聲聳聳肩膀，「於是時衛乾脆包了全部除污社的換裝費，這樣就沒人搞特殊了。當然，也有別校社團認爲這服裝太招搖，主動在外面加了一層袍子。」

從時衛的行爲來看，毛茅深刻地體會到什麼叫作——有錢，任性。

「伊老師、花梨學姊，妳們幹嘛爲這個小高一浪費那麼多時間？」薄荷伸手緊攬著木花梨的手臂，噘著嘴，不開心地說道：「再拖下去，今晚的實習也沒辦法做了。讓白學長負責帶他不就好了？反正學長是他的直屬嘛，不要讓花梨學姊那麼辛苦。」

「我不辛苦的啦……」木花梨小小聲地安撫道。

「學姊就是人太好了，什麼阿貓阿狗都會心軟照顧。」薄荷輕搖著木花梨的手，撒嬌般地爲她抱不平。

聽見毛茅被人暗指阿貓阿狗，躲在背包裡的黑琅和毛絨絨同仇敵愾地哼了一聲，暗暗將這筆帳記下。

伊聲則是似笑非笑地望了薄荷一眼，視線旋即又轉向紫髮男孩。

「迷你兔，把護目鏡戴上。」

在伊聲的一聲令下，毛茅依言將帽上的護目鏡往下一拉，戴在雙眼之前。

透過鏡片，映入他眼中的世界儼然成了全新的樣貌。

花草樹木都還在，遠方的大樓也能看得一清二楚；只不過，外觀上都添加了新東西。

在毛茅如今的視野裡，他看見腳下的地板一直到前方的林木植物，還有那些荒廢的遊樂器材，在它們的表面上……

有黴斑。

準確點來說，可能不是黴。

然而那些片狀又不規則分布、大小亦無統一的白色圖案，就像黴菌斑一樣，無孔不入地附著在所有東西上面，有部分還呈現青綠色。

乍看之下，這地方彷彿是發霉了。

被嚇人的白黴與青黴大舉入侵。

毛茅頭一回瞧見這怪誕的景象，他怔怔地眨下眼，拉低護目鏡，讓雙眼能不再隔著鏡片地注視前方。

一切又都變回原樣。

沒有白斑，沒有青斑，沒有任何發霉的跡象。

還是毛茅再熟悉不過的世界。

看著公園一角，毛茅腦中忽地躍出似曾相識的畫面。

他想起來了，在入社第一天，時衛給他看的照片，地點就是青蘿公園。

而那時候，那名金髮青年問他看到了什麼。

毛茅吐出一口氣，將護目鏡重新戴好，他現在可以理解時衛究竟想要他看到什麼了。

隨著護目鏡重新戴上，藉由特殊鏡片，納入視野中的青蘿公園又恢復成被一大片疑似黴斑的圖紋覆蓋上了。

「除穢者要掃的就是這個嗎？」毛茅問，「青青白白的，活像是發霉的……唔，東西？」

「你現在只是實習生，稱不上除穢者。不只青色白色，以後你還會看到其他顏色的，小崽子。」伊聲含著棒棒糖，爽俐地說，「如何，滿意你看到的嗎？知道你還沒成熟，就多弄了這副護目鏡給你，有沒有覺得開啓了新世界？」

毛茅吹了聲口哨，發自肺腑地說：

「哇喔！這可眞是令人審美疲勞的新世界呢！」

第五章

毛茅覺得青蘿公園現在可以改一個名字了。

就叫「青白公園」。

現在他放眼望去，四處幾乎都是青青白白的。有的長毛，有的沒長毛，再加上原本就有的茂密植物，當眞讓人看了眼花撩亂。

想到未成熟的隱性可以不用天天看到這種新世界，毛茅不禁覺得大大慶幸。

夭壽喔，還好他沒成熟。

他才不想每天都眼花花，久了只怕腦袋裡也要一片花。

伊聲自是不曉得紫髮男孩內心所想，也不知道她是從哪拿出好幾副耳麥。一個個全拋給除魔社的社員後，她「啪」地咬碎棒棒糖一角，勾起危險的笑容。

「現在，跑！」

在這名副指導老師的一聲令下，在場眾人立即行動。

薄荷的動作最快，她一拉木花梨的手，輕盈敏捷的步伐宛若一場舞蹈，轉眼間便帶著她的直屬，一塊消失在其中一個暗影重重的方向。

毛茅慢了好幾拍，他一頭霧水，連要往哪邊跑也不清楚。

偏偏伊聲閒適地將雙手斜插在外袍口袋，沒有出聲給予指引，就只是一步步地走著，彷彿正在進行一場夜間的散步。

毛茅得說，在這樣陰氣森森、只差沒有鬼火跑出來助興的地方散步，伊老師的品味真的太獨特了。

他佩服，但實在不想學習。

「往這邊。」白烏亞的出聲解救了毛茅，「我會教你應該知道的，我是你的直屬。」

「那麼就拜託你啦，直屬。」毛茅笑彎一雙金黃色的大眼睛。

揹著黑色大包包，紫髮男孩追隨著灰髮青年的腳步，頭也不回地栽進了濃濃的夜氣當中。

白烏亞的速度很快，青蘿公園裡的昏暗似乎對他的視力沒有造成太大的影響。

這讓毛茅不由得想起時衛曾說過的。

「你是個未成熟的隱性。我可以肯定地說，你的體能和速度都比普通人好上非常、非常多，對嗎？還有，敏銳的直覺、神祕的第六感。」

那麼，反應和動作明顯超出一般人的白烏亞學長呢？他甚至可以出其不意地逼近自己，將自己扔了出去。

要知道，毛茅對自己的身手一向是很有自信的，他也確信自己有那個本錢自信。

既然如此，白烏亞學長他究竟是已成熟的隱性，亦或是……

還來不及思索出個所以然，毛茅的耳機裡無預警冒出吵雜的電子音，接著另一道他先前就聽聞過的沙啞女聲飄出。

是伊聲的聲音。

那帶有獨特韻味的菸嗓，不疾不徐地說著話。

「除穢者清除世上的一切污穢。」

「污穢是土地的廢棄物。當所有負面的、骯髒的能量在土地裡沉堆長久，就會生成孢子囊，直到污染深度到達一定程度，孢子囊破裂，污穢正式誕生。」

「成爲普通人認知中的，怪物。」

「廢棄物……聽起來和人類的大便差不多嘛。」毛茅小小聲地和背包裡的小夥伴說，換來黑琅和毛絨絨的大力附和。

嘴上和一貓一鳥閒聊著，毛茅腳步也未曾慢下，一直和前方的白烏亞保持著幾步的距離。

毛茅忍不住對自己的直屬心生讚歎，對方穿著那一身累贅的服裝，竟然還有辦法行動敏捷，快如疾風。

那曳地的黑紗裙在白烏亞的控制下，不但不礙事，反倒如同一條靈活的漆黑尾巴。

「有孢子囊的地帶，就會浮現污染的斑紋，如同徽斑一樣。」

「黴斑有多種顏色，常見的以青和白為主。」

伊聲的聲音繼續從耳機內透出，混著夜氣，像能搔動人心。

「黴斑只會在兩種情況下消失。」

「一，找到中心的孢子囊，消滅它。」

「二，污穢誕生的前一刻，所有黴斑會退湧回去。」

「只有擁有契魂的人，才能看見黴斑。」

「只有擁有契魂的人，才能擁有可以清除污穢的武器，契靈。」

毛茅咂咂嘴巴，有點想吃零食解解饞。但一邊跑一邊吃著洋芋片，好像不太適當。

那麼，果然還是要……

「毛絨絨，棒棒糖。」毛茅壓低音量說。

黑色背包動了動，隨即一隻雪白糰子飛了出來，嘴裡叼著一根棒棒糖，還是相當醒神的特酸檸檬口味。

毛茅一含進去，可愛的娃娃臉瞬間皺成了梅子臉。

在前方的白烏亞彷彿有所感應地回過頭之前，毛絨絨已一溜煙地竄回背包內。

「天生就擁有契魂者，我們稱之為顯性。」

「後天才覺醒契魂者，我們稱之為隱性。」

「成熟的隱性可以召出屬於自己的契靈，自己的武器。但有些隱性註定無法成熟，這讓他們就只有看得見黴斑的能力，除此之外和常人無異。」

「而即將成熟的隱性，他們最大的辨識特徵，就是體能、力量都會高出普通人許多。」

「喔……」毛茅忍不住低頭看一下自己的掌心，再握起，他總算理解時衛爲何要對他說出那番話了。

時衛覺得他就是即將成熟的隱性。

不過契魂和契靈……可以再來個好心人詳細地解釋，或讓他親眼目睹一下嗎？

毛茅的內心剛閃過這個想法，前方的白烏亞倏然間停下了奔馳的腳步。

毛茅煞車不及，只能一頭撞上那硬實的後背，疼得他的眼淚差點飆了出來。幸好棒棒糖當時是被他拿在手中，不是含在嘴裡，不然災情會更嚴重。

沒想到被撞到的那人，反應比他還劇烈。

白烏亞就像被火灼燙到似的，剎那間便與毛茅拉開了距離。

留下摀著發紅鼻尖的紫髮男孩，一臉發懵地站在原地。

就在毛茅不禁懷疑自己那一撞，該不會把人撞出什麼毛病的時候，白烏亞開口了。

「抱歉。」高大的灰髮青年說，精緻的眉眼被路燈燈光映襯得疏離冷淡，冰藍色的眼瞳如凍住的湖面，「我不習慣，有人靠太近。」

但毛茅卻從那份冷淡底下，看見了一抹惆悵。

像是怕這名剛加入社團的高一新生產生畏怕心理，白烏亞頓了一會，又低聲地補上一句。

「我是你的直屬，除了靠近我，你想提什麼要求都可以。」

「眞的？那洋芋片一箱？」毛茅的金瞳在夜裡興奮得像會發光。

「小孩子不能吃太多零食。」白烏亞覺得那雙金色的眼睛令他想到貓咪，尤其對方戴的帽子還有貓耳朵。

特別像大型的人形貓咪。

「噢……」毛茅的眼睛黯淡一瞬。

他現在懂得白烏亞的意思了，任何要求都可以提，但答不答應又是另外一回事。

學長，你這樣很容易失去你直屬學弟的。

面對來自毛茅的哀怨眼神，白烏亞堅定地選擇顧左右而言他。

「有看到我們周遭的污染嗎？」

「有，看得我都眼花了。眞不敢相信學長你們天天都得看這些，簡直像是精神轟炸嘛。」

「從小就開始看，已經習慣。而且年紀大一點，就能開始學著關閉，不用二十四小時都盯著。」

「原來如此啊。」毛茅了解地點點頭，同時從句子裡抓到一則小情報。

從小就開始看……看樣子，白烏亞學長是天生就擁有契魂的人，是和隱性呈相反的顯性。

「契靈召出的方法，看仔細了。」白烏亞說。

下一秒，灰髮青年張開五指，掌心朝下。他腳邊的影子彷彿發生某種變異，如活物般微微蠕動，緊接著一束白光迅雷不及掩耳地竄出，被牢牢地握在青年的右手當中。

毛茅睜大了金黃色的眸子。

只不過是瞬息之間的光景，白烏亞的手中就持握著一把巨型大劍。

劍身銀亮，甚至能清晰地折閃出毛茅的身影。

劍柄是純然的漆黑，在與劍身的相接處，則是有多枚金銅色的鐘面與齒輪鑲嵌在上。

「哇喔！」毛茅驚歎地吐出一口氣。他往前站了一、兩步，伸手比劃一下，心痛地發現那把劍居然和自己差不多高。

「這是契靈。」白烏亞說，「從契魂產生，每個人的契靈外形不同。可以消滅污穢，也可以清掃黴斑。」

毛茅露出了一個「你肯定是唬我」的表情。

用那把劍來刷黴斑？有辦法你刷給我看啊！

白烏亞還眞的有辦法。

那支巨劍一眨眼就改變了形體，在毛茅瞠圓的金色眼眸裡，成爲一把長柄刷，刷毛的部分還是金銀相間，華麗得很。

「該不會……」毛茅看看刷子，又看看白烏亞的服裝，兩者間明顯是同種華麗風格，「這也是社長要求的造型？」

白烏亞無聲點頭。

「眞有錢！」

「眞浪費。」

毛茅的背包裡同時響起兩道細小的咕噥，前者是毛絨絨，後者是黑琅。

黑琅嘖了一聲，「那些錢用來買朕的罐罐該多好。」

「噓噓，陛下你安靜點，不能被別人發現的。」毛絨絨趕緊說道。

毛茅耳尖地捕捉到說話聲，他連忙主動開口，用自己還未經過變聲的清亮嗓音蓋過去。

「學長，照社長和伊老師所說，我的契魂還沒成熟，沒辦法召出那個……唔，契靈吧？」

「契魂還沒有成熟的人，一律使用仿生契靈。」白烏亞言簡意賅地說，「按下手環的第三個綠色鍵。」

毛茅好奇地照做，然後他「哇」了一聲，他的手上赫然平空浮出一把鋒利長劍。

「這是代替契靈的仿生契靈，由除穢者協會開發。」白烏亞又說，「你可以想像要變成刷子或是劍。」

毛茅心念一轉，果真就如白烏亞所說，上一秒還是長劍姿態的仿生契靈，這一秒就成了刷地用的長柄刷。

「刷地時記得用上洗滌劑，否則刷不掉黴斑。第四個鍵就是洗滌劑的存放處，有人習慣用瓶裝，也有人習慣使用錠狀，將濃縮成藥錠的洗滌劑塡充進刷子狀態的契靈裡面就好。用完的話，再跟社團領取，記得要隨時檢查補充。」

毛茅聽得有些一愣一愣的，無數的疑問來到嘴巴前，又通通被他嚥回肚子裡。

他記得伊聲說過，把這一切當成科學與魔法的結合體就好。

因爲原理就算解釋了也聽不懂。

在白烏亞的示範下，毛茅總算大致弄明白自己要做的事。

一言以蔽之，就是刷地。

刷刷刷刷刷刷——

努力地刷地板！

「有問題再聯絡我。」白烏亞指了指耳機，「可以調頻道。一是伊老師，二是直屬，就是我；三是公頻。」

「好的，沒問題！」毛茅精神奕奕地做了個敬禮的手勢。

白烏亞往前走了幾步，忽地又折返回來。

「學長？」

「貓，有空可以帶來社辦。我買好貓糧了，也有逗貓棒。」

白烏亞的音量偏小，不細聽還眞聽不清楚。

毛茅訝異地笑開來，隨後那笑容擴大，金眸神采飛揚，他好像發現了一個祕密。

學長在說出心裡話的時候，音量都會不自覺地轉小，像是不好意思開口。

「好的，沒問題。」毛茅無視背包裡突來的動靜，重複說了一樣的話，但這次是針對白烏亞的要求而回答的。

白烏亞垂著眼，微微勾起的唇角帶著害羞的意味。

啊，眞的好想摸摸學長的頭，誇他好乖、好乖。毛茅又一次感到心癢癢的，將這份騷動壓下，他朝白烏亞揮揮手道別。

待那道高大身影走遠，毛茅將背包隨意往某根樹枝上一掛，俐落地開始刷著被青青白白佔據的公園地面。

唰唰唰。

唰唰唰。

富有韻律和節奏的音響，迴盪在這個暗沉沉的角落。

稍遠距離的燈光將這裡映襯得越發鬼氣森森，似乎隨時都會從叢生的植物裡冒出什麼。

「朕不喜歡他。」黑琅將他的腦袋擠出背包外，「朕不會讓他摸的。」

「我也、我也……」毛絨絨鑽飛出來，黑豆般的眼睛瞅著毛茅，「就是不想靠近他……」

「誰？」毛茅將長柄刷往旁一拄，饒富興致地問，「你們說的，不會是白學長吧？」

「就是那個名字和鳥類一樣的人類，難聽死了，品味差。」黑琅不屑地說。

「和鳥類一樣有什麼不好？我跟你說，你這是歧視鳥啊！」毛絨絨撲騰他的短翅膀，爲廣大同胞抗議。

「朕就是歧視了怎樣？你咬我啊！」黑琅凶狠地露出一口利牙。

看見那張超凶的黑臉，毛絨絨頓時慫了。

「反正就是不喜歡。」欺負完毛絨絨的黑琅跳落地面，擺晃尾巴，金燦眼瞳銳利盯著毛茅，「以爲區區貓糧和逗貓棒就能收買朕嗎？毛茅，你要是敢把朕送給他擼，朕就抓花……」

黑琅評估一下，還是捨不得傷到自家鏟屎官的唯一優點。

於是他改口，「那隻烏鴉的臉。」

毛茅聳聳肩膀。他聽見了黑琅的意見，但不表示他就得採納。

他將注意重新放回刷地大業上，透過護目鏡，得以清楚地瞧見凡是刷頭經過的地方，沾附在上的黴斑就會淡化一些。

通常刷個三、四次，就會恢復乾淨。

黑琅和毛絨絨看不見黴斑，在他們眼裡，紫髮男孩大概就像神經病似地刷著空無一物的地板。

一貓一鳥乾脆在旁邊自得其樂。

或者說，是黑琅以玩毛絨絨爲樂。

大黑貓將圓滾滾的白鳥當成一顆球，用貓爪子不亦樂乎地推滾來、推滾去。

毛絨絨被滾得暈頭轉向，眼睛都快呈現蚊香眼了。

毛茅則是叼著棒棒糖，邊刷地邊放任思緒漫遊。

就是不知道今晚有沒有機會目睹污穢的尊容，希望別長得太傷眼，他平時兼職打工要看的醜東西實在太多了……

毛茅剛這麼想，下一瞬間，他刷地的動作硬生生停住。

活像是發霉的斑紋，好像在動？

起初，毛茅還以爲是眼花，但緊接著……

臥槽，它們還眞的動了啊！

毛茅大吃一驚，差點叼不住他的棒棒糖。

「怎麼了？」黑琅停下玩「球」的舉動，目光掃過來，只看到一臉呆懵的紫髮男孩和光禿

禿的石子地板。

與此同時，伊聲那低啞的菸嗓無預警傳出耳機。

「除魔社注意，青蘿公園西北西方向，污穢即將產生。薄荷和木花梨先設法穩住，其他人即刻前往支援。動作快，別迷路了！」

可以看到活的污穢了！毛茅眼睛一亮，毫不猶豫地提起長柄刷，拔腿就往黴斑退離的方向直追。

「毛茅？毛茅！」黑琅不明白發生什麼事，但他知道不能丟下他的鏟屎官。他扭頭叼起毛絨絨往自己的背上甩去，旋即四條腿矯捷有力地邁開狂奔。

伊聲繼續在耳機中沉穩地說明指導，彷彿在進行一場課外教學。

「記得不要太冒進。」

「污穢是超乎一般人所能想像的怪物。」

「根據記載，它們主要在黑夜出沒，遇上白日便進入休眠，並且有著一定程度以上的智商，所以不要太小看它們。」

「只要用契靈破壞它們體內的核心，就能徹底將之消滅。」

毛茅疾速跑著，健步如飛。

黑琅載著毛絨絨追在毛茅身邊，像道漆黑閃電。

「哇啊啊啊！救命，太快了！」毛絨絨驚恐地尖叫，那圓滾滾的身子忽地被顛得失去重心，頓時從黑琅的背上被甩了出去。

「喵的！不是吧？」黑琅一扭頭，只來得及看見白糰子彈撞上一棵樹木，再「啪唧」一聲地砸在地上，險些砸成一灘雪餅。

「毛絨絨！」毛茅連忙緊急煞車，顧不得要趕去指定地點，他三兩步地奔向那團白色，「毛絨絨，你沒事吧？你有事了我怎麼辦？我都讓你在我家白吃白喝那麼多天了，說好的寶物你還沒爲我……」

毛茅沒有說出最末兩字。

當然不是他良心發現，覺得在同伴有難的時候怎麼可以談利益呢？

而是——

毛絨絨掉落的位置，有青斑散布。

由於附近也長了不少苔蘚，所以一開始毛茅才沒察覺到異樣。

「不是吧……」毛茅喃喃地說。

「你又在不是什麼了？」黑琅看不過去毛絨絨被人當寶地捧在掌心裡，不客氣地揮出貓掌，將那顆雪球拍下，「傻鳥，再不起來就吞了你當宵夜！」

「咿！不要！我不好吃！我肉特別少，眞的！」毛絨絨一個激靈彈跳起來，眼裡噙淚，他拚命想說服黑琅自己只是毛蓬鬆得像顆球，其實身上沒幾兩肉的，「毛茅，你快幫我證明……毛茅？」

被點到名的紫髮男孩沒有給予回應。他瞇起雙眼，回頭打量原本應該要跑過去的路線。

那方向的白斑已經退得不見蹤影。

但是，這裡還有青綠色的黴斑。

一個鐵錚錚的事實就甩在他的眼前——青蘿公園的污染，並不是由一株孢子囊所造成的。

這個地方，起碼還孕育著第二隻污穢……！

毛茅金瞳猝地收縮，他不假思索地抄起黑琅和毛絨絨，一舉將他們強制塞進背包中。

「都給我待好，別出來！」毛茅嚴厲地喝道。

欲抗議的一貓一鳥反射性乖乖聽話。

那些和苔蘚混在一起的青綠黴斑出現了晃動，彷如一起一伏的波浪。

它們在搖晃。

它們在活動。

它們在急遽後退。

它們在瘋狂地朝著某一處飛速匯集。

就在毛絨絨不久前掉落的地方！

毛茅將背包一甩，掛在肩頭後，手裡的長柄刷剎那幻化成鋒利長劍。

說時遲、那時快，所有的青斑凝聚成一個點。

接著，就像是看不見的能量壓縮到極致——

然後，爆發。

突然間，它就出現在視野裡了。

那是一隻像海馬與藤蔓、金屬結合體的龐然大物，此時此刻就矗立在紫髮男孩的面前。

可怕的壓迫感襲來。

腐爛般的難聞氣味蔓延。

四簇蒼白不祥的火焰，在四個空洞的眼眶裡劇烈地燃燒著。

「大部分的污穢都像扭曲的動物，有時也會出現植物或無機物的型態。不管是哪一種，它們的特徵都是白色火焰的眼睛。」

「它們沒有人形，它們是非人的怪物。不須浪費時間和它們交流，那是沒用的。」

「實習生碰上污穢的話，只要記得兩個步驟。一，確保自己的安全。二，立刻聯絡社團幹部，時衛、白烏亞或者高甜，或是按下緊急求助鈕，會有最近的除穢者趕過來，無論如何，嚴禁獨自面對污穢。」

伊聲沙啞的話語猶迴響在耳邊。

毛茅將整副耳麥摘下。

「這可眞是……中大獎了。」紫髮男孩舔舔嘴唇，咧開了混合野性和興奮的微笑。

當那隻名爲「污穢」的怪物猛地放聲咆哮，毛茅的金黃眼瞳甚至比對方眼中的白火還要來得熠熠生光。

像能焚燒一切。

第六章

異變發生的地點，就在木花梨和薄荷負責的區域。

與勤奮刷著地板的橘髮少女相比，薄荷就是一副敷衍了事的態度，刷了一小塊地方後，她就乾脆停下動作。

「花梨學姊，妳不覺得很無聊嗎？」

「咦？什麼？」木花梨毫無頭緒地抬起頭，褐眸疑惑地看著發問的雙馬尾少女。

「我說……」薄荷雙手交疊，壓按在刷子的長柄上，「刷地板很無聊啊，這種事情讓小高一去做不就好了？」

「清除污染是所有實習生都應當做的事，沒有分一二三年級的，薄荷。」木花梨認真地說道：「況且，沒有累積到足夠的點數，也沒辦法參加除穢者的正職考試。」

「要賺點數的話……明明消滅污穢賺得更多嘛。」薄荷頗有微辭地嘀咕，「一次都可以抵刷地板十次了。」

「薄荷，妳忘記社團的規定了嗎？」木花梨擰起眉頭，神色裡有不贊同，也有擔憂。

「我才沒忘呢。」薄荷皺皺鼻尖，像背誦般地說，「不能在沒有社團幹部或其他除穢者的陪同下，獨自面對污穢。想要成爲幹部，唯有集滿積分，參加考試成爲正式的除穢者。我也想當除穢者呀，不然我何必想著消滅污穢，努力賺更多點數？」

「我知道妳的心情，但實習生面對污穢眞的太危險了……」木花梨柔聲地勸阻著，「妳才二年級，可以……」

「學姊，妳不懂啦！」薄荷鬧彆扭般地打斷了木花梨的話，她噘著嘴巴，臉頰氣得鼓鼓的，半晌才像說悄悄話地開口，「因爲……人家當上除穢者的話，不就更能好好保護妳了嗎？學姊妳那麼弱……」

「我知道我實力還不夠，但……我會努力變強的。」木花梨眼神堅毅，「以後一定能減少給大家扯後腿的次數，這樣薄荷也不用時常爲了保護我，而沒辦法專注在和污穢的戰鬥上。」

薄荷彈了下舌，似乎對這不是預期的回答感到不滿意。她小心地嚥下「嘖」的音節，換上祈求的面孔，甜如蜂蜜的棕色大眼睛瞅著木花梨。

「花梨學姊，其實還有另一個方法……只要社長、副社長願意爲我寫特別推薦書的話，就算點數還沒集滿，我也能參加除穢者考試了呀。」

薄荷說的，是另一條當上除穢者的捷徑。

不論收集到的點數有多少，只要實習生在社團活動裡表現得夠優異，獲得幹部們的推薦，就能破例參加除穢者的正職考試。

當初時衛和白烏亞，便都是以同樣的方式通過考試，成爲除魔社的社長和副社長。而仍是空著的總務位子，其實早有一位幹部後補；不過她目前只是一年級新生，受限於學校規定，必須要升上二年級才能正式接手職責。

事實上，薄荷就曾主動向時衛提出要求。若是時衛答應，基本不管事的白烏亞也就不會有其他意見。

然而時衛拒絕了。

薄荷那時候本是信心滿滿，她自認實力好，又是天生就擁有契魂的顯性，沒道理提出的要求不被接受。

她無論如何都沒料想到，他們的社長——那名從骨子裡透出優雅貴氣的金髮青年——會揚著漫不經心的笑容，毫無轉圜餘地地說：

「妳不行。」

薄荷還記得那雙桃紅色眼瞳裡的冷漠。

彷彿在看待著一個沒有價值的存在。

強烈的屈辱感和不甘心衝湧而上，最後又被她硬生生地壓了下去。

薄荷不明白，始終都不明白。

她到底是缺少了什麼？

為什麼時衛會認定她不行？

這件事，就像一根拔不出的刺扎在她的心頭。每當她回想一次，那刺就扎得更深，不斷地提醒她那一日的事情經過，再也無法抹滅忘懷。

薄荷沒辦法接受，她明明實力堅強、表現優秀，憑什麼她還得像那些剛入社的菜鳥一樣，愚蠢刷著地板？

這種無聊又乏味的工作，不應該就是要給笨手笨腳、一點也派不上用場的人做的嗎？

「花梨學姊，去除污染的工作沒什麼危險性，很適合妳。可是萬一呢？萬一碰上污穢呢？萬一來不及聯絡幹部呢？只要我能成為除穢者，就可以負責保護妳，也不用擔心等不到救援的！」薄荷拉住木花梨的一隻手臂，大眼睛裡盛滿冀求，「所以妳幫幫我嘛！」

「幫妳？但我……」

「我知道學姊不是幹部，可是妳和社長他們感情好，他們也很看重妳。」

薄荷宛如撒嬌地輕晃了一下木花梨的手，親親密密地說：

「妳幫我跟他們說嘛，社長和白學長那麼相信妳，一定會改變主意的！」

木花梨知道薄荷的確優秀，但她更清楚一件事——

她不可能干涉得了時衛的決定。

外人看時衛，或許覺得這名渾身散發貴族氣質，但又總噙著淺笑的金髮青年好相處。

可實際上，是截然相反的。

時衛只是用微笑包裹他的不在乎和專斷獨行，他決定好的事就已經是決定好的，不會允許再有變動。

而之後的發展，也證明時衛的決定都有他的道理。

「不……抱歉。」木花梨搖搖頭。她總是對薄荷有求必應，可是這一次，她拒絕了。她的眼裡含著歉色，可眼神堅定，「薄荷，我沒辦法幫上忙，那是社長做的決定。」

薄荷甜美的笑顏僵了那麼一、兩秒，隨即她反應過來地垂下眼，掩去那一閃即逝的怨恨。待她再抬起眼，只剩下失落的色彩。

「這樣啊……」薄荷小小聲地說，「我果然不該勉強學姊的……對不起。」

「沒事，別放在心上。」木花梨溫柔地摸摸薄荷的頭，「雖然我幫不上忙，但我們可以一起努力，多累積點數的。」

「嗯，好的！」薄荷揚起燦爛的笑容，眉眼彎彎。

然而一等到木花梨轉過頭，金色雙馬尾少女的笑容瞬間垮下，臉色陰沉地看著地面散布的黴菌斑。她不自覺地伸手探進口袋裡，撫摸一下藏在底處的小瓶子。

趁著木花梨沒注意，薄荷將口袋內的東西取出，透明的玻璃瓶中赫然是盛裝著暗紅色的液體。

「學姊，我去那邊刷喔，這邊就交給妳了。」

「好的，妳要小心點，有不對勁要趕緊告訴我。」

「放心好了，如果有不、對、勁，」薄荷將這三個字咬得特別重，像意有所指，「我一定會告訴學姊的。」

利用自己的背影遮擋住木花梨可能無意間投來的視線，薄荷閉著氣，忍著嫌惡，將玻璃瓶裡的紅色液體往其中一塊白斑倒下。

「薄荷，妳有沒有聞到什麼味道？」木花梨忽地往空氣嗅嗅，皺著臉問道：「我聞不太出來是什麼，但好臭……這味道好難聞……」

「好像有耶。」薄荷若無其事地回答，將淨空的玻璃瓶隨手往草叢內一丟，「不過我也不確定是從哪飄出來的，畢竟這公園荒廢了那麼久，也不曉得到底藏有什麼……說不定是死老鼠吧？」

木花梨下意識吸口冷氣，慌亂地握緊長柄刷。她對那種小動物向來怕得很，一聽可能有屍體在，更是心神難寧。

尤其在聽見薄荷像是隨口抱怨自己這邊的氣味好像比較重之後，木花梨更是繃緊了神經，往後連退好幾步。

薄荷低頭，看著染上動物血的地面，嘴角暗暗勾起。假意地刷了幾下，她便若無其事地繞開那處，畢竟那味道還眞不好聞。

木花梨一顆心仍是有些七上八下，光是想到離自己不遠的地方，可能會有她最怕的東西，怎樣都沒辦法好好定下心工作。

緊繃的心情讓木花梨覺得，自己甚至在刷地時都看見了幻覺。

白色的黴斑好像在晃動。

如水波似地左右搖曳……

不對！木花梨眼眸猛地瞪大，一股子顫慄衝湧上來，握在長柄上的手指猝然收得更緊，指關節微微泛白。

木花梨確定自己不是眼花，她是眞的看到了。

黴菌斑在晃，在動。

甚至開始貼著地面前行。

「花梨學姊！」薄荷也發覺到地面上的不對勁，她一個箭步跑到木花梨身邊，如同要保護對方地握緊對方的手。

木花梨不自覺地屏著呼吸，看見蒼白的斑紋像是退離的海浪，沖刷過她們的腳下，明顯是集中朝某一個方向移動。

要不了多久，她們身處的這個地帶，就會連丁點白斑也不剩。

但是，這並不代表污染消失了。

而是更糟的——

孕育在孢子囊內的污穢，即將要化作實體，降臨在這個世界上！

「學姊，是污穢要出現了對吧？」薄荷的嗓音微微地發顫，卻不是因爲懼意。

倘若木花梨這時候轉過頭，就會發現雙馬尾少女的棕眸裡，赫然閃耀著灼熱的光芒。

薄荷用力握著木花梨的手，她呼吸急促，亢奮的情緒在咕嚕沸騰，她沒想到效果那麼好。

她只是想碰碰運氣，才會將冰箱裡生鮮食品積溢的血水收集起來；她只是猜測，也許加上這些等同於死亡、髒污的液體，可以增加黴斑的污染深度。

可以加速污穢的出現。

結果告訴她，她居然眞的……誤打誤撞成功了！

眼看大量黴斑就要從她們的面前失去蹤影，木花梨美麗的臉上閃過一絲不符合她平時柔和形象的銳意。

必須要盡快追過去，確認污穢將會出現的正確地點。

「薄荷，我們快追！」木花梨不假思索地奔出，同時按下金銅手環的紅石，一鍵換裝瞬間完成，手上的長柄刷也在下一秒轉變爲一柄細長鋒利的長劍。

少女的橘色長髮隨著奔跑的動作飄晃，像是黃昏天邊的一抹霞雲。斜戴在頭上的小禮帽穩穩地一動也不動，暗紅和深黑相間的華麗短禮服，取代了原先的榴華制服。綴著蕾絲的緊身馬甲將纖細的腰身和豐滿的上圍襯托出來，華美的金色花朵與鐘錶面盤點綴在劍柄腰間，以及帽緣。

薄荷的長柄刷跟著變換形態，兩把以齒輪相嵌在柄身上的短刀，被她牢牢地持握在手中。不同於木花梨換上戰鬥型態的社服，她依舊是白色的制服短外套搭配深綠百褶裙。

薄荷不是沒有被分配到社服，然而她寧願穿著制服參加戰鬥。對她來說，白色與綠色與她的名字太相襯了。何況比起一群都穿著大同小異社服的實習生，榴華的制服反倒能夠讓她在眾人之中一枝獨秀。

「伊老師！」木花梨一邊跑，一邊通知伊聲，她語速極快地說，「青蘿公園西北西，我和薄荷的地區，污穢將要成形！」

「原來在妳們那邊嗎？」伊聲也發現到黴斑的異動，她切換到公共頻道，不慌不忙地下達指令，「除魔社注意，青蘿公園西北西方向，污穢即將產生。薄荷和木花梨先設法穩住，其他人即刻前往支援。動作快，別迷路了！」

通報完畢，木花梨將全副注意力都放在一路後退的白斑和途中加進的青斑上。在這短短時間內，她臉上的緊張已經消褪，腦中飛速運轉起對應的方法。

她和薄荷都還只是實習生，不能硬碰硬地對上污穢，但也不能讓污穢有機會脫離青蘿公園。

得要在污穢一降臨的剎那間，就將它拖進虛幻與現實之間的空隙。

拖進除穢者的專屬空間——回收場！

木花梨和薄荷沒有跑得太遠，就看到大量菌斑正快速往一處被掀起的石板裂縫匯聚。

那裡就像是存在著某個神祕的黑洞，不斷地、不斷地將污染吸入……

透過黝黑的裂縫，隱約能看見有團小小的發光體直立在幽暗之中。

尚未成形的污穢，就藏在那個孢子囊內。

現在、立刻，鏟除！

木花梨的眼一瞇，即刻有了動作。她提劍直奔裂縫，只要再給她幾秒鐘，劍尖就能將污穢扼殺在孢子囊內，再也等不到降臨世上的機會。

但是邁出步伐的木花梨霍地感到腳尖踢到硬物——也許是石塊，或其他東西——頓時一個踉蹌，身體失去重心。

「學姊小心！」薄荷及時撐扶住木花梨，嘴角是轉瞬隱沒的得逞笑意。

「謝謝妳，薄荷……」木花梨只當是自己沒多加留心，全然沒想到那絆住她腳步的石頭，就是由薄荷暗中踢出的。

朝扶著她的雙馬尾少女投予一記感謝的眼神，木花梨忙不迭望向石板裂縫，她神情一僵。

所有菌斑都不見蹤跡。

一切污染全被吞噬得乾乾淨淨。

發光的孢子囊迸裂開來。

來不及等到支援了……

污穢誕生了！

木花梨瞳孔一縮，毫不遲疑地按下手環上的其中一枚晶石。

「回收場，開啓！」

數也數不清的光絲在黑幕中朝四方飛散，眨眼間就交叉編織成碩大的網格，將一整個青蘿公園都兜籠在裡中。

緊接著，整座公園竟是起了奇異的變化。

多種色彩飛也似地消褪，最後只留下灰白兩色。

青蘿公園變成了一個灰與白的詭異世界。

面對這項變異，從不同方位趕來的伊聲、白烏亞和其他三名實習生沒有流露任何訝色——他們明白，這是擁有契魂的人都被拉進特殊空間裡去了。

而這也表示著有污穢降臨於此，否則被命名爲「回收場」的空間不會開啓。

數人立即再加快腳下的速度，當他們趕到西北西位置，撞入眼中的便是一隻形如巨貓的怪物，正同薄荷及木花梨纏鬥。

說是怪物，除了它身形龐大之外，它的身下赫然擁有著數十隻的腳，這讓它看起來可怖又詭異。

跳脫出常識的外觀，讓人下意識湧生出畏怕和厭惡心理。

三名為了避免招搖，而在社服上又罩上黑袍的學生不由得臉色微白，抓握在長柄刷的手指猝地收緊，洩露出他們的緊張。

他們是來自蜚葉高中的除污社實習生，這次是過來見習的，也可以視作兩校社團之間的交流。

根據自家社長所說，跟著榴華的人容易撞見污穢，特別是當帶隊的人是副指導老師·伊聲的時候。

三名差不多是純新人、小菜鳥的學生們，忍不住在內心哀號。

社長，為什麼你好的不靈壞的靈啊！真的被你說中了，污穢出現了啊啊啊——

「烏鴉先待命。」伊聲指示著。

白烏亞一聲不吭地站在一旁，他的人和巨劍都讓蜚葉高中的學生們管不住好奇心，只差臉上沒明晃晃地寫著「好大的劍」、「好高大的女人」、「不對，是男的！那是男的啊！」。

伊聲瞥了一眼三名還在偷看白烏亞的外校生，簡潔地問，「有看過污穢嗎？」

三人迅速收回目光，不約而同地猛搖著頭。

既然都沒看過，那就更別說打過了。伊聲挑挑眉，她可不會貿然地將經驗值爲零的人推上戰場。她手一揮，要他們三人退到安全範圍去，乖乖地看著別人打怪就好。

眼眶裡燃著蒼白焰火的巨貓張大血盆大口，血紅色的牙齒就像是浸染濃濃鮮血，在灰白世界裡更顯駭人。那甩動的尾巴如同結實的長鞭，每一次拍擊在地上，不但將石地抽出裂縫，還帶起一蓬飛濺的石塊。

不只如此，薄荷和木花梨還得要不時避閃過那輕易就能將她們踏成肉醬的巨大肉掌。

薄荷充分利用她嬌小的身軀和驚人的柔韌度，總是抓準時機地躲過攻擊，這使得她看上去對這場戰鬥胸有成竹。那輕盈的姿態伴隨著揮舞的兩把短刀，乍看下宛若在進行著一場華麗的舞蹈。

相較之下，木花梨的動作就有些笨拙了。好幾次她都是險之又險地避開那襲來的尾巴或是肉掌或是鋒利的勾爪，讓旁觀的三名實習生每每看了，都不禁爲她捏一把冷汗。

同時間，他們也不免詫異那位榴華的三年級學姊，戰鬥能力……好像不太好？

「花梨學姊，小心！」眼尖地看見被巨貓拍起的一塊石板就要砸向木花梨，薄荷幾個靈巧的躍跳，趕到對方身邊，眼明手快地帶著人再往安全區一躍。

「謝……謝謝妳，薄荷……」木花梨喘著氣說。

「不用客氣。」薄荷甜甜地笑著說，「保護學姊是應該的嘛。學姊妳不要太勉強，要不妳和那三個新生待一起吧，我一人也沒問題的！」

不等木花梨做出回應，薄荷立即投身戰鬥。

她使用的契靈雖然是兩把小巧的短刀，初看下殺傷力比不上木花梨的長劍，可是她速度敏捷，身姿輕盈，三兩下就跳上那條垂下的粗碩尾巴。

只見薄荷像隻羚羊，迅雷不及掩耳地往上奔跑，晃動的金燦雙馬尾擺曳出耀眼的弧度。

短刀在灰白世界裡錯落有致地揮動出銀亮的軌跡。

銀光交錯下，薄荷的一舉手、一投足就像在跳舞。

看得三名外校生脫口喊出了讚歎。

「好美！」

「好厲害！」

「那位學姊是不是已經成爲除穢者了？好強啊！」

薄荷一記旋身，短刀在巨貓身上戳出噴飛的鮮血。血珠灑濺中，她看見那幾名一年級生的驚艷目光和崇拜表情。

強烈的愉悅讓薄荷全身血液像要沸騰，她的棕眸發光，甜蜜的笑意浸染她的眉眼、唇角。

下一秒，薄荷落足在巨貓的鼻頭上，握在手裡的雙刀猛力朝著眉心處戳進，直到只剩刀柄留在外。

污穢憤怒中挾帶著痛楚的吼叫響徹這一方，利爪將地面刨出數條裂痕。它猛力擺動著身子，試圖把鼻頭上的可恨人影甩下。

卻沒想到，薄荷利用沒入眉心底下的短刀作爲支撐點，腰肢柔軟地帶出一個後翻，轉眼又是在污穢的頭上站穩，兩把短刀也被她順勢抽出。

不等那隻外貌猙獰詭譎的巨貓察覺，薄荷快速從那身滑順的皮毛上滑下，過程中不忘反手再將一把短刀捅進巨貓的皮膚底下，藉由下滑的力道，不客氣地切拉開一條長長的血縫。

腥氣四溢，污穢的怒氣越加勃發，眼眶內的兩簇白火燃動得更加凶猛，尾巴和肉掌瘋狂地不斷拍擊，想要將戲弄它的小蟲拍成一地碎肉。

「好好看著啊。」伊聲雙手抱胸，沙啞的聲音在污穢製造的聲響中仍格外有力，「污穢有個等同人類心臟的核心，只有擊碎它，才能眞正將之消滅。通常會在額頭、脖子或是胸口、腹部等位置，但也有例外。一般來說，都是先攻擊我剛講的那幾個部位。沒有的話，再嘗試其他地方。」

「那要是都找不到呢？」一名蜚葉高中的學生問道。

「當然是繼續找。」伊聲饒富興致地一挑眉，「難不成還能因爲找不到，就不打了嗎？污穢可不會輕易放過除穢者，它們啊，最喜歡吃掉成熟的契魂，可不會管你們是不是一年級的新生。」

似乎是被自己的字句觸動，伊聲倏地斂了聲音。

等等。

除魔社的副指導老師驟然意識到一個不對勁的地方。

該聽她講課的一年級生應該要有四個，還有一個至今未出現。

少了最矮、還有小鬈毛的那個！

「烏鴉，那隻迷你兔呢？」伊聲彈了下舌頭，「你的直屬學弟怎麼到現在還沒見到人影？」

白烏亞回頭望了一眼被染成灰白色的後方。

假使毛茅往這奔跑過來的話，那身暗紅和他的紫髮都會異常顯目。

但是，並未見到那抹矮小的人影。

是還沒來？或是跑錯方向了？

「我聯絡他。」白烏亞按著耳機，然而還沒等他切換到他與毛茅之間的私頻，一陣震耳的響動便進入他的耳中。

啪沙！砰！

彷如是樹木或是其他物體被撞上破壞的聲音越來越猛烈，這無疑也代表著聲音的源頭越來越往這裡靠近。

就連原本要重回戰場、幫忙薄荷的木花梨也愣住，反射性和其他人扭頭望向後方。灰白交錯的重重樹影後，似乎有什麼在逼近。

很快地，眾人就知道不是似乎。

或是橫倒，或是折斷的林木述說了事實。

穿過那突然失去遮蔽物的空地，景象頓時一望無遺——真的有某個高大怪異的東西正在衝過來！

「讓開讓開！前面要是有人的話，趕緊讓開啊！」

猝不及防間，一道清亮的男孩聲音如同閃電霆地劈下，同時，一道龐然影子猛地撞入伊聲他們眼中。

數雙眼睛驚愕地瞪大。

幾名一年級的學生更是刷白臉，接連發出了難以置信的抽氣聲。

在這個沒有黑暗的空間裡，所有景物無所遁形。

身軀和巨貓不相上下的可怖生物，像匹脫韁野馬在所有人眼前橫衝直撞。更多的樹木受到波及倒下，粗大的樹幹砸出沉重的悶響，地面也像是要被撼動。

一股令人想到腐爛海鮮的惡臭撲鼻而來。

但這一切，都比不上那隻無預警闖進的怪物恐怖。

那像是一隻體型被膨脹數百倍的海馬，但下半身垂墜著糾結的藤蔓，墨綠的植物表面散發著濕漉漉的水氣，刺鼻的臭味就是由它身上傳出。脊椎和腹部嵌入著一個個像藤壺的圓形體，頭頂的皮膚和凌亂的金屬相融，活像是叢生著尖刺。

而它空洞的眼眶裡，正燃著蒼白劇烈的火焰。

那是……另一隻污穢！

而令人震驚想要揉揉眼的，還有另一幕。

伊聲想，要是自己嘴裡此時含著棒棒糖，只怕會反射性將它重重咬斷。

她在找的最後一名一年級新生，居然就在海馬外形的污穢背上！

紫髮金眼的男孩簡直像把污穢當成坐騎，手裡抓著條繞過污穢頸子的黑繩，靠著那條繩子，試圖駕馭狂性大發的怪物。

那矮小的身子被顛得震晃，看起來就像隨時會飛起，繼而被拋落在地上。

「毛茅！」木花梨煞白了臉。

「烏鴉！」伊聲嚴厲地喊。

不等伊聲發出完整指令，白烏亞即刻提劍衝出。那道高大身影在眾人眼中像道疾迅閃電，眨眼就欺近海馬形態的污穢。

巨劍揚起斬落，將那些糾纏在海馬身下的藤蔓掃落一片。

似乎是利用藤蔓加速的海馬，頓時身子失去重心地傾斜。

毛茅果斷地鬆開黑繩，抓著繩子從海馬的背上翻身落地，並利用一個翻滾降低了衝力，中途不忘保護好自己的齒輪包包。

白烏亞長臂一伸，將紫髮男孩撈了過來。

海馬減速不及，那具笨重的軀體只能朝前滑行，眼看就要撞上另一邊的巨貓。

薄荷眼底竄過一瞬的惱火，她不敢遲疑地飛快後退，就怕自己被捲入這場無妄之災。

就在兩隻體積不相上下的怪物即將碰撞的剎那間——

說時遲、那時快，海馬竟是張大嘴，它的下顎像沒有骨頭，張大到超乎想像的寬度，似乎往後一翻，還能反將自己的頭部包裹在內。

然後，那張大得恐怖的嘴巴……

生生地將巨貓的腦袋吞了進去。

第七章

更令人意想不到的一幕發生了。

巨貓竟然沒有絲毫反抗，乖順得像是任人宰割的羔羊，任憑自己不斷被海馬吞吸著，先是頭部，然後是身體……

「什、什麼!?」蜚葉高中的學生驚駭地大叫，眼前的畫面著實太讓人無法相信，幾乎要以爲自己是看著一隻大蛇進食。

很快地，那隻巨貓就完全被海馬吞入，還能從它撐開的身體看見巨貓的輪廓。

不消一會，就連輪廓也消隱無蹤，海馬的表層也漸漸恢復平坦。

然而方才被白烏亞砍斷的藤蔓又重新長出突變形體，比起植物，更像是墨綠色的某種生物。滑膩的外皮時不時鼓動收縮，甚至亦長出了如藤壺的硬殼物。

猛一看上去，面前的龐大身影已經很難令人想到海馬了。

第一眼的印象只會是，怪物。

「這是……這是什麼……」另一名蜚葉的實習生喃喃地說。

「還能是什麼?」伊聲鏡片後的眼瞳灼亮，她咧出一個猙獰的笑容，「當然是污穢啊！一年級的乖乖在旁用眼睛看，這可是難得見到的污穢升級版。」

「升、升級版？伊老師，該不會……」木花梨的一顆心提起，一張明麗的臉蛋刷白。

「就是妳知道的那個『該不會』。」伊聲從紅袍口袋裡取出一枚金銅手環戴上，爲隨時可能發生的意外做準備，「聽好了，兔崽子們。污穢的規則就是強者爲尊，碰上比自己強大的同伴，它們會自願奉獻血肉、力量，助長對方更加強大。」

「啊，聽起來它們之間的相處挺和平的。」毛茅摸著下巴說，「不會對彼此使用暴力呢。」

他的這句點評，換來三名外校生的驚疑眼神，只差沒喊出「你哪隻眼睛看到和平了？海馬明明都把那隻貓吞得一點也不剩了！連渣渣也沒留下啊！」。

「如果你要這麼說的話，是沒錯。」伊聲同意了毛茅的觀點，無視外校生們驚恐看向她的目光，她拉開狠戾的笑容，血紅的長袍爲她添上騰騰殺氣，「木花梨、薄荷輔助烏鴉，找到污穢的核心——」

「滅了它！」

尾音還在空氣裡打著旋的刹那間，身著女裝的灰髮青年就已如射出的利箭，衝向了污穢。

薄荷不甘示弱地提著兩把短刀追了過去。

木花梨馬上也跟上。

「爲什麼還要讓那名三年級學姊也過去……」有人嘀咕地說，「不怕她扯人……哇啊！」

一個黑色的齒輪背包冷不防朝那名蜚葉的學生扔去，令他手忙腳亂地下意識接住，免得直接砸上他的臉。

「當然是因爲木學姊適合啊。」扔出包包的毛茅愉快地說道：「嘿，幫我顧一下他們。」

他們？誰？蜚葉的男學生還沒來得及問出口，就瞧見背包從內部被頂開，兩顆毛茸茸的腦袋冒了出來。

是一隻小豬……不，是一隻黑貓和一隻雪球鳥!?

至於強制將寵物丟給人的毛茅，已經頭也不回地奔向戰場。

不過是瞬息之間，那抹矮小人影居然已初生之犢不畏虎地主動迎向那隻還保留海馬姿態的駭人怪物。

「迷你兔！」伊聲大驚，她全然沒料到除魔社的新生會有這麼大的膽子。

身爲副指導老師，伊聲是不可能放任毛茅做出如此冒進的行爲。她往手環上的第三顆綠鍵按下，但指尖剛要觸及，她的袍角就傳來了一股拉力。

伊聲反射性低頭一看，原先被外校生抱著的黑貓，不知道什麼時候竄下來，咬住她的紅袍，像是在阻止她的動作。

而被這麼一耽擱，毛茅早就成功加入了戰圈。

「毛茅？你怎麼來了？」木花梨心急地嚷，「快回去！這裡很危險的！」

「小高一，你過來幹什麼？」薄荷以交叉的雙短刀擋下其中一條墨綠觸手，淡銀光輝從刀身上漾出，像面盾牌地保護住其後的她，「你和花梨學姊都該和蜚葉的人待一塊，那裡才是不會有危險的安全地方！」

「說什麼話，木學姊適合的地方當然是這裡呢。她不是很懂得如何判斷這隻大塊頭的弱處在哪裡嗎？」毛茅靈巧地鑽繞過那些舞動的觸手，舉起的長劍專門對著沒有藤壺附著其上的部位揮砍，打算降低對方的行動力。

負責牽制住另一邊眾多觸手和勾尾的白烏亞聽見紫髮男孩的話，忍不住往對方所在的方位望了一眼過去。

他的直屬學弟說對了。

那確實是木花梨的長處。

也許在不少實習生的眼中看來，橘髮少女的戰鬥力不夠高，尤其和總陪伴她身邊的雙馬尾少女一比，更容易被看低。

但是，不適合放在戰場上的人，時衛是不會同意讓人出戰的。

木花梨的優點不是第一眼會被人發現的，有時可能要花上更久的時間。

然而毛茅立刻就觀察到了。

白烏亞忽然有些開心，自己的直屬是個擅於挖掘他人優點的好孩子。

薄荷卻對毛茅的發言嗤之以鼻。

當然，她巧妙地將那份不屑遮掩起來，不被人發覺，並且越加盡心盡力地守護在木花梨的身畔。

只要木花梨一有將遇上危險的兆頭，她就搶先一步地爲對方攔截下來，或做出反擊。

將木花梨感激的眼神和外校生們敬佩的表情都收入眼裡，薄荷的攻擊更起勁了。兩把短刀在她指間翻轉出華麗的閃弧，刀尖像陣驟雨密集地落在污穢身上，看得人眼花繚亂。

薄荷也沒忘記暗中觀察紫髮男孩。

那張稚嫩的臉上，完全沒有見到可怖生物的慌亂不安。相反地，他展現出來的態度奇異地遊刃有餘，彷彿他參加的不是一場戰鬥，而是一場悠閒的茶會。

那表現令薄荷驚疑不定，不禁要以爲對方是不是隱藏了什麼所有人都不知道的實力。

畢竟，他剛剛可是大膽無比地騎在一隻污穢背上。

但不消一會，薄荷就打消了這念頭。

毛茅對使用長劍形態的仿生契靈顯然仍不太熟練，有幾次都過早揮出劍，只能失準地落了空。

捕捉到這畫面的薄荷暗笑。那小高一是把劍當成鞭子在使用嗎？眞笨啊。

認定對方估計只有速度迅捷，薄荷也不再多加關注。

受到三人圍攻的恐怖海馬猛地將捲曲的勾尾伸展開，末端竟猝然又撕裂開一張大嘴，猩紅的長舌頭剎那射出。

距離最近的毛茅似乎就要首當其衝。

他不假思索地提起長劍，劍身隨著手腕一動，然後預想中的情況沒有發生。他的眼中掠過懵懵，緊接著回過神地一咂舌，意識到自己拿的可是劍，而不是能靈活勾纏住敵方的長鞭。

污穢的舌頭可不會因爲敵人的遲疑就跟著停下動作，它凶猛地朝著鎖定的目標席捲過去。

居然不是毛茅……而是所站位置更偏一些的木花梨！

橘髮少女的瞳孔遽然收縮。

突如其來的攻擊讓她一時反應不過來，驚慌布滿那張妍美的臉蛋，雙腳宛若被定在原地。

「花梨學姊!?」薄荷第一個念頭是救下木花梨，可是她又發現如果利用這個由木花梨製造出的空隙，她就能抓緊機會，趁勢接近可能藏著核心的位置，展開致命的一擊。

轉瞬間評估完損益，薄荷選擇毫不考慮地放棄木花梨的安危。

那條嬌小人影立即在三兩步間提速，義無反顧地奔向污穢的正面。

「學姊！」毛茅沒有多想地放開武器，矮小的身子像枚炮彈般全速衝出，硬是搶在紅舌捲上木花梨的前一秒，撲抱著人，一同滾向了另一個方向。

與此同時，那條猩紅色的長舌頭被另一股外力悍然地截殺。

白烏亞的巨劍將那條紅舌劈砍成兩半。

確認木花梨安全無恙的毛茅鬆開放在對方身上的手，他抬頭衝著白烏亞露出感謝的笑容，旋即將纏繫在腰間的黑繩一抽拉，朝某個方向抽甩出去。

眨眼就將被他捨棄的長劍重新捲了回來。

那力道和準頭的掌控力，都精準得嚇人。

薄荷完全沒有分出心神關心毛茅他們那邊的事，她滿心滿眼都是即將到來的勝利和豐富的積分。

這隻污穢，是她的戰利品了！

薄荷壓抑不住內心的狂喜，棕眸放光，藏不起的笑容在她臉上擴散。她高舉短刀，堅信污穢的核心就在它的腹部。

沒想到就在這瞬間，有道銀白光束搶先一步竄出，在灰與白的空間，恍若最耀眼的一顆流星——

迅雷不及掩耳地刺進了怪物頭上呈突出狀的頭冠！

原本陷入狂暴憤怒的污穢霍然停止了所有動靜，一動也不動，像尊巨大的石雕一樣。

下一刻，有如被靜止時間的污穢崩垮成大量晶沙，嘩啦嘩啦地往下墜。但即將觸及地面之際，暗色的微小晶粒消逝，最後留在地上的……竟是多枚花葉狀的剔透結晶。

它們的表面泛著淡淡的流光，實在很難想像這些美麗的物品，居然是那樣醜陋駭人的怪物所留下的。

薄荷的短刀還握在手裡，來不及捅刺至目標。

但是，也不需要她動手了。

很明顯地，她本來估算的核心位置錯誤。

核心是藏在頭冠裡。

薄荷錯愕地僵在原地，讓人措手不及的結果令她反應不過來，姿態看上去竟有幾分狼狽。

「污穢……死了？」

「靠！這是一擊必殺吧？」

抱著黑色背包的男學生呆呆地和同伴交換著意見。

伊聲也沒想到事情會意外地快速落幕，還是相當順利的那種。她踢踢腿，以拿捏恰當的力道，示意咬著她袍角不放的黑貓可以鬆嘴了。鏡片後的雙眼若有所思地盯住大睜著金眸，一臉驚歎注視著滿地結晶的紫髮男孩。

記得木花梨對他的暱稱……是毛毛來著，對吧？

看樣子，很有意思哪。

目睹全程的黑琅和毛絨絨立刻使勁地拍手。

好吧，一隻是用貓掌，一隻是努力地撲騰短翅膀，意圖讓意思到了就好。

不管如何，兩隻動物的臉上都好似寫著——

爲毛茅，

爲鏟屎官，

用力鼓掌！

毛茅不曉得其他人內心的想法，他正被眼前璀璨的結晶花與結晶葉迷得移不開目光，直到他腕上的手環發出了「滴滴」的聲音。

「什麼？」毛茅困惑地低下頭，看見一串發光的數字平空冒出，再流洩進手環內部。

「那是點數。」木花梨撥撩開稍顯凌亂的髮絲，細心爲對除魔社還一知半解的毛茅解釋。

「刷除污染，或是打倒污穢，都能賺取點數，也可以稱爲積分。累積足夠的話，就能參加除穢者的正職考試。通常只有打倒污穢，才會特別跳出通知。一般時候，就是直接記錄在手環裡，按這邊就能查詢。」

「那這些東西呢？它們用除穢者的術語來說是叫什麼？」毛茅興沖沖地指著污穢留下的結晶問道，一雙金眸亮晶晶的，和閃耀流光的結晶不分上下。

「結晶。」白烏亞走過來說。

「……啊？」毛茅以爲他聽錯了。

「烏鴉沒說錯，就叫結晶呢。」木花梨笑吟吟地說，「可以拿著它們透過管道向除穢者協會換取金錢，或是製作成適合除穢者使用的道具。例如清除黴斑的洗滌劑，就是用這些結晶製成的。而我們身爲實習生，社團就是我們的交換管道，不管是找社長或兩位指導老師都行。」

「那……我可以分到結晶嗎？」毛茅努力要保持矜持，但眼裡的期待光芒出賣了他的眞正心情。

「自然是可以的。」伊聲的聲音從高處落下，她俯視著癱坐在地上的紫髮男孩，表情看不出喜怒。

只聽那道沙啞的嗓音淡淡說道：

「按理來說，你打倒了污穢，你該分到最多，剩下的是其餘有出到力的人均分。但是，身爲一年級新人，不聽指揮、貿然上場……所以，得再扣掉一半作爲懲罰。」

「那還是有一半嘛！」毛茅樂觀地咧開笑，「伊老師，如果我現在分妳一根棒棒糖的話，我能再問一個問題嗎？」

彷彿是在呼應毛茅的話，背包裡的小白鳥飛出，嘴裡叼著一根棒棒糖，「啪噠啪噠」地飛到了伊聲身邊。

看著那團圓滾滾的雪球，伊聲銳利的眉眼也鬆軟了。她勾起笑，接過貢品，等於答應了毛茅的要求。

「不過，你得先回答我一個問題，那繩子是怎麼回事？」

「哎？隨身攜帶一條繩子不是很正常的事嗎？」毛茅無辜地眨眨眼睛。

「……算了。」伊聲吐出口氣，放棄討論所謂「正常」的定義，「你問吧。」

「那些線……」毛茅一手攬過鑽進懷裡的黑琅，一手指向天際上的光絲，然後再指向四周，「還有這個活像是偷工減料，導致掉色的公園……究竟是怎麼回事？」

「其實都是同個問題，迷你兔。」伊聲剝開棒棒糖的包裝紙，「除穢者的力量波長和污穢的波長衝撞在一起，可以激發出一個特殊異空間，我們稱爲回收場。喚，就是我們現在待的這裡，它存在於眞實與虛幻之間，因此看上去和我們的世界沒兩樣，但還是有異常的地方。」

「就是……掉色？」

「你要這麼說也行。回收場裡只有兩種顏色，每次都不一定。當它的色彩開始多起來，就表示這個空間要瓦解了。鑒於只有將污穢困在這當中，才不會影響到現實，可以忘記帶腦子都不准忘記開回收場。畢竟腦子雖然是好東西，但也不是人人都會有的。」

「我也能開回收場嗎？不會將剛好也在範圍內的路人甲乙丙丁戊己庚辛都拉進來嗎？」

「你的路人也太多了吧？你有契魂，雖然沒成熟也沒關係，只要配合手環就能打開。只有污穢和有契魂的……」伊聲停頓一下，看了眼跟隨毛茅一塊進來的貓與鳥，更改了本來要用的詞語，「生物，能進得了回收場。至於原理……」

「啊，暫停！」毛茅舉起雙手做投降狀，「估計伊老師妳說了我也聽不懂，反正只要知道結果就好了。」

「就是知道你聽不懂，所以我也沒要說給你聽。」伊聲勾勾嘴角，帶著善意的嘲笑。

「對了！」毛茅想起自己還沒對白烏亞道謝，「白學長，剛才謝謝你了！」

「嗯。」白烏亞說，「記得耳麥下次不能摘。」

毛茅撓著臉，用天眞的微笑打混過去。

另外三名蜚葉的學生也忍不住圍上前，臉上是掩不住的驚羨和欽佩。

同樣都是一年級新生，榴華的這位可是做到了一擊就命中污穢核心啊！

相較於這邊和諧的氣氛，孤身一人的薄荷看起來就像遭受冷落。

「薄荷，妳還好嗎？有受傷嗎？」木花梨站起身，關心的眼神立即落向了薄荷，語氣裡絲毫沒有對薄荷方才將自己棄之不管的不滿。

在木花梨的想法裡，戰場上沒有誰應該負責誰的安全。所以她如果受傷的話，那也是她自身的問題。

但這樣的態度，讓薄荷渾身不舒服，只覺橘髮少女分明是暗暗嘲弄自己的白費工夫。

而這一切……都是那個紫頭髮矮子的錯！

「可惡，這樣也能瞎貓碰到死耗子，眞是好狗運。本來明明……」薄荷恨恨地低語，她的音量壓得非常低，唯獨她自己能聽見。

卻逃不過黑琅的耳朵。

黑色的貓咪舔舔爪尖，腦內開始在盤算著欺負人類計畫一百零八種，他的爪子已經在蠢蠢欲動了。

隨著這學期第一回的社團活動順利落幕，伊聲也沒多交代什麼，只是要眾人記得各自交上一份報告，而毛茅則是要兩份。

他還要多負責一份檢討書，反省自己今天讓人擔心的舉動。

就算結果是好的，但並不能一筆勾銷他之前的錯誤。

毛茅擺出乖順的樣子，心中早就想好了。

叫、毛、絨、絨、負、責、寫！

既然身爲食客，總得拿出點實質貢獻出來才可以的。

猶不曉得災難臨頭的白糰子，發出接近噴嚏的微小聲響。

而薄荷也已迅速整理好外在情緒，還大方地將本該屬於自己的結晶都讓給毛茅。

換回原本的服裝，一夥人就這麼原地解散。

「薄荷，眞的不用我送妳回去嗎？」

面對木花梨關切又滿懷期待的眼神，薄荷咯咯地笑著拒絕了。

「謝謝花梨學姊，我就知道妳果然最愛我了，不過我也捨不得讓學姊多繞路，我自己一個人可以的。」

彷彿沒看到木花梨面紅耳赤的模樣，薄荷故意舉起手臂，做出一個展現肌肉的手勢。

「我很厲害的，不用擔心我！難道，學姊認爲我實力不夠？」

薄荷的嗓音倏地轉得極輕。

「連那個只不過是上不了檯面的隱性小高一，都比不上嗎？」

那聲音著實太細微了，聽在木花梨耳中，只剩下含含糊糊的音節。

「薄荷？」木花梨疑惑地問，「妳剛說什麼？」

「我是說，花梨學姊路上也要小心。」薄荷甜甜地笑著說，挽住木花梨的手臂，讓兩人的距離靠得極近。她宛如惡作劇般地踮起腳尖，親了對方白皙的臉頰一下，「晚安啦，學姊，下次我們也要再一起行動，妳不能忘記我好喜歡妳喔！」

木花梨摀著臉，心跳加速。她忍不住想脫口對薄荷說些什麼，可是後者很快退離，彷彿什麼事也沒發生地朝著她揮揮手。

「掰掰啦，學姊。」

「啊，再見……」

即使不用回頭，薄荷也能猜得出來，那位在大部分學生心中宛如女神的學姊，此刻一定是紅著臉，癡癡地目送著自己的背影不放。

薄荷掩著嘴，心裡有著說不出的得意。

只要一想到被那麼多人喜愛的木花梨，其實暗暗喜歡著自己，薄荷就忍不住有股優越感。

她也喜歡木花梨，不過當然不是戀愛情感的那種喜歡。

她又不是有毛病，怎麼會喜歡同性別的女孩子呢？

只是這份愉悅，不消一會就消失無蹤。

薄荷臉上的笑容垮下，她想到今夜在青蘿公園發生的事。

原本該屬於自己的風頭，居然被那個討厭的小高一搶走了。

明明是個隱性，說不定還會是「贗品」——雖然時衛學長選中了他——連自己的契靈都沒有，契魂也沒成熟，使用起仿生契靈甚至還笨手笨腳的。

這樣的傢伙……憑什麼比自己引人注目？

薄荷咬著拇指指甲，甜美的臉蛋閃過剎那的陰沉。

不過很快地，雙馬尾少女又露出一抹古怪的笑容。

她有學姊，只要有學姊在，她就永遠不用擔心出不了風頭，永遠不用擔心不會被注意到。

是啊，她有花梨學姊呢！

那個毛茅，他什麼都沒有。沒有契靈、契魂，還可能只是個註定不會成熟的贗品。

走在夜路上的薄荷頓時心情好轉許多，她召出其中一支短刀，在手裡俐落地旋動著。

驀地，短刀停止了旋動。

連帶地，薄荷的腳步也停下。

棕色的眼睛洩露詫異地緊盯著某個地方。

那是一幢廢棄樓房的門前角落，在他人眼中可能就是灰撲撲的一片，絲毫不會產生想靠近的欲望。

可是，在薄荷、在擁有契魂的人的眼中——

卻能看到夾雜在灰色中的白斑。

薄荷往那個方向走近了幾步，她可以看得更清楚，蒼白的斑紋呈不規則地附在地面上。

但範圍並不大。

這讓薄荷更加大膽地走過去。

倒映在深棕色眼眸中的，是一片直徑大約三十幾公分的白色黴斑。

代表污染的黴斑的侵略領域越小，就表示產生它們的污穢實力也越弱小。

同時，也更能迅速地找出污穢的孕房，孢子囊的位置所在。

低頭看著那佔地簡直小得可憐的斑紋，薄荷知道依照除魔社的規定，實習生必須通報幹部，絕不能獨自一人清除污穢。

薄荷無意識地收緊手指。

她很優秀，雖然收集到的點數還沒集滿到所需標準，但只要社長他們同意，她就能直接參加審核考試，省去無聊的實習時間，成爲正式的除穢者。

偏偏……時衛無論如何都不肯鬆口答應。

爲什麼？爲什麼？爲什麼？她明明那麼優秀，只要能獲得機會，就可以證明給他們看的！

霎時，一個瘋狂的念頭在薄荷腦中成形。

她沒有多加遲疑地蹲下身，從影子裡接住另一支短刀，用兩把鋒利的武器開始在地面戳挖。

正如她所料，像這麼小範圍的黴斑，孢子囊通常不會藏得太深。大約十幾分鐘過去，她就發現了小巧且通體透紅的孢子囊。

薄薄的囊膜似乎蘊藏了無法計數的孢子，它們在裡頭翻湧著。

這時候只要給予一擊，就能簡單地清除這小塊地帶的污染。

薄荷並不打算這麼做。

收起自己的契靈，薄荷將紅色的孢子囊捧了起來。

她要帶它回家。

她要等待它孕育出污穢。

然後，她就能在社團眾人的面前，僅憑自己一人之力消滅這個污穢。

金色雙馬尾的少女甜蜜地笑開來，她的笑容宛若澆淋了蜂蜜和奶油，又甜又動人。

第八章

二年級的薄荷在學校裡相當受到男學生的歡迎。

她有甜美可愛的臉蛋，長長的眼睫毛，笑起來時頰邊還有酒窩；深棕色的眼睛和亮金色的雙馬尾，就像是深淺不一的蜂蜜，又甜又柔滑。

尤其她又加入了學校裡向來以神祕主義聞名的除污社，班上同學看她的眼光都是既羨慕又好奇。

而當她和三年級的木花梨站在一起的時候，也是她收到最多注目視線的時候。

薄荷享受這種成為大眾焦點的感覺。

即使許多人覺得木花梨更美麗也無所謂。

因爲薄荷比誰都清楚，在那些人心裡如同是完美女神的木花梨……

其實一點也不完美。

木花梨是個隱性。

就算如今已然成熟，也抹滅不了她就是個隱性的事實。

木花梨笨手笨腳的。

清除污穢總是需要自己的救援，絲毫沒有一個學姊該有的成熟穩重。

還很著迷有腦子、有常識的人都不會感興趣的東西。

冥王星寶寶？簡直讓人不敢相信不是嗎？

那可是三歲以下幼兒才會看的節目！

但是，薄荷還是很喜歡木花梨。

因為她能保護木花梨。

光憑這一點，她就太喜歡木花梨了。

所以薄荷無論如何也沒想到，當她和往常一樣前往除魔社的社團辦公室時，會在門口外聽見一個出人意料的消息。

屬於木花梨溫柔的嗓音透過半掩門板飄了出來，一字一字如此清晰地進入薄荷耳中。

「……再加上我母親最近要調職到國外，所以我也要跟著她一起過去，她已經找到適合的學校……」

薄荷呆立原地，幾乎沒辦法相信自己所聽見的。

國外？

一起過去？

也就是說……花梨學姊要離開自己了!?

學姊要拋下自己了！

震驚夾雜著怒意衝上了薄荷的腦袋，令她一時難以再做任何思考。她猛然推開了辦公室的門，深棕的眼瞳像是澆了熱油般地熾亮。

裡頭的兩人同時看向氣勢洶洶、站在門口的金色雙馬尾少女。

「薄……薄荷？」坐在椅上的木花梨吃驚地站了起來，棕眸大睜，「妳怎麼來了？妳這幾天是怎麼回事，爲什麼都沒來社團？」

「我那幾天有點事，而且那也不重要……花梨學姊，爲什麼我不能來？」薄荷握緊拳頭，氣急敗壞地說，「我不來的話……學姊是不是就不會讓我知道妳要出國的事！」

隨著薄荷聲音越拔越高，坐在主位的時衛冷不防地將手上杯子「喀」地放下。

「別在我耳邊製造噪音。」時衛懶洋洋地說，嘴角噙掛的淡笑似乎沒有染上溫度，「我討厭難聽的聲音。」

薄荷抿著嘴唇，吞下了剩餘的質問。但微紅的眼眶讓木花梨見了，心裡湧起一抹難受。

「對不起，薄荷……我沒想過要瞞著不說的。」木花梨語帶歉意，輕聲地說，「因爲除魔社的社員只能被退社，所以我才先來找社長……」

「那又怎樣？那又怎樣！」薄荷的眼眶更紅了，「學姊妳就是要拋下我，妳不要我了，妳根本一點都不喜歡我！」

「不是！我眞的喜……」木花梨焦急地嚷，但話脫出一半，又被她自己截住。她擠出苦笑，不願意在這種情況下坦露自己一直隱藏的心意。

因爲她就要走了，就要離開這裡。

薄荷不在乎木花梨難過的表情，她的雙手猛力壓上桌面，上半身往前傾，咄咄逼人地說，「花梨學姊要是眞的喜歡我，就該爲我留下來，就該待在我的身邊！連這種小事都做不到，學姊憑什麼說喜歡我？」

「薄荷……」木花梨的心情也變得亂糟糟的，但她還是極力安慰著難以接受事實的學妹，「出國的事並不是我能……」

「我不管！」薄荷打斷木花梨的話，接著她眼裡浮閃霧氣，語氣滲入顯而易見的傷心，「我不管……學姊爲什麼一定要離開我啊？我不想要花梨學姊走啊……」

看著薄荷發紅的雙眼和鼻頭，木花梨的一顆心不禁絞得緊緊。

「花梨學姊……」薄荷吸吸鼻子，聲音有些哽咽。

「就算……就算我出國了，我們還是能一直保持聯繫的。」木花梨強壓下自己的傷感，伸手摸摸薄荷的頭，「我們可以視訊啊，放寒暑假的時候，我也會回來找妳的。」

「可是，那已經不一樣了。」薄荷委屈地說，「那樣我就不能再保護妳了啊。這很重要的，要是學姊不再待在我的身邊，我就沒辦法保護妳，沒辦法……」

餘下的句子在薄荷嘴裡含糊地滾動，就連離她近的木花梨也聽不清楚。

而時衛，僅僅是意味深長地看著那名對木花梨表現出依依不捨之情的雙馬尾少女。

伴隨著掃地鐘聲響起，各班教室內陸續傳出了桌椅挪動的聲響。

有的學生是負責自己班上的整潔，有的學生是被分配到校內區域或是校外。

凌淨負責的，就是腳踏車車棚那邊。

比起一群人塞在擁擠的教室內打掃，凌淨更喜歡待在戶外。

「哈囉，小淨！」

輕快的招呼聲霍地進入凌淨耳中。

那脆生生的的嗓音，讓本來專心掃地的凌淨反射性抬起頭，登時望見一道亮麗的身影。

綁著金色雙馬尾的嬌俏少女露出活潑的笑容，一雙漂亮的大眼睛親暱地朝她眨了眨。

「薄荷學姊！」凌淨驚喜地道，隨即她注意到在這個時間點，薄荷卻是揹著包包，一副要離開學校的模樣，她的眼裡不由得浮上困惑，「學姊，妳今天也沒有要去社團嗎？」

凌淨這邊說的社團，指的自然不是除魔社。

榴華高中沒有硬性規定學生只能參加一個社團。

薄荷還加入了熱舞社，是凌淨的社團學姊。

但是就從這禮拜開始，以往會定時前來報到的雙馬尾少女減少了出現的次數，對於練舞的熱情似乎大大降低。

這令崇拜她的一票學弟妹們感到有些失望。

凌淨也是其中之一。

薄荷既漂亮，性格又活潑，在舞蹈上也有著極佳的天分，整個人就像一個閃閃發亮的發光體。

如果能見到薄荷和三年級的木花梨走在一起，那就更幸運了。

那兩人在一起的畫面美得就像幅畫。

倏地，凌淨眼尖地發現到，薄荷的包包上換了一個新的吊飾。

之前是一隻可愛的粉紅色小兔子，現在則變成小紅帽玩偶。玩偶的腰間還別出心裁地縫上了大野狼的尾巴，將童話故事的特色充分地表現出來。

「學姊，這是妳新買的嗎？好可愛喔！」凌淨眼睛一亮，感興趣地湊上前觀賞，「是在哪裡買的？我也想買一個！」

「嘿嘿。」薄荷伸指往凌淨的額頭輕彈一記，看著發懵的小學妹，她笑咪咪地說，「這可是只此一家，別無分號呢。」

「啊啊，好可惜……」凌淨失落地嘆口氣，忍不住想伸手戳戳那個令她心生喜愛的可愛玩偶。

薄荷雙手背後地後退一步，「小淨，不能偷懶，要好好掃地啊。」

「知道啦。」凌淨吐吐舌頭，順便利用這機會將內心的疑問問出口，「學姊，妳最近是有什麼事嗎？怎麼都不來練習了？」

「嗯，是有點重要的事才會早退……」薄荷伸指抵著唇，將話題一筆帶過，「之後我會再乖乖回去報到的。先走了，掰啦。」

朝凌淨揮揮手，薄荷肩揹著包包，腳步輕盈地朝自己的腳踏車走去。耀眼的金色馬尾在日光下一甩一晃的，搖曳的裙襬則好似翩飛的綠蝶。

凌淨沒有注意到，掛在薄荷書包上的小紅帽玩偶忽然轉過了腦袋。

那雙像是用紅鈕釦做成的眼睛，正直勾勾地盯著她低頭掃地的身影不放……

看著外面越來越暗的天色，一頭茶色長髮的少女惆悵地嘆了一口氣。

「啊啊，眞想回家……」

學校裡幾乎沒什麼人聲，絕大部分的學生都走光了，剩下的不是待在社團大樓，就是和自己一樣，要把值日生的工作做完才能走。

黑板要擦乾淨，教室日誌也要寫完，交還到老師辦公室那。

看著空蕩蕩的教室，凌淨認命地走上講台，拿起板擦，努力擦起黑板，時不時落下的粉筆灰令她難受地咳了咳。

「嗨，凌小淨。」一顆腦袋忽地從門口探進。

戴著粗框眼鏡的黑短髮少女眨眨纖長的睫毛，一雙靈動的杏眸盛滿笑意。

是林靜靜。

她們今天說好要一起去書店逛，林靜靜有想買的地方情報雜誌，凌淨則是相中了今天出刊的單行本漫畫。

「還沒好嗎？」林靜靜自動自發地坐在凌淨的位子上，看著攤在桌面的教室日誌，「要不要幫妳寫？」

「要要要，求妳了，林靜靜！」凌淨感動地大喊，「妳一定是上天派給我的天使！」

「天使要求一個豪華巧克力聖代。」

「我收回我的話，妳是趁火打劫的惡魔……」

有林靜靜的幫忙，凌淨的工作就簡單多了。

看著教室日誌上工整的字跡，凌淨不禁想抱著林靜靜大呼三聲感謝。但轉念再一想，對方可是趁機敲詐了一客豪華巧克力聖代，她將感謝改成一次。

「謝啦，靜靜，我去一下老師辦公室就回來啦。」

好友都已經幫忙那麼多了，凌淨可不好意思讓人再跑腿。她快步奔出教室，只想趕緊到行政樓那邊遞交教室日誌交差了事，然後就能和林靜靜一起去逛街了。

班導師似乎從那端正的筆跡看出什麼，不過也只是挑挑眉毛，放了凌淨一馬。

凌淨是一路跑回到一年級大樓的，她跑得氣喘吁吁，才到二樓就忍不住停下休息。

她大口喘著氣，努力調整呼吸，忽然間湧起了想上廁所的衝動。

無奈二樓的女廁外，立著一個「維修中」的牌子。

凌淨無聲地哀號一聲，只好認命地往三樓爬，她可忍不了回到四樓了。

幸好三樓女廁可以使用。

凌淨感激地吐出一口氣，迅速挑了一間隔間解決生理問題。

當她站在洗手台前洗著手的時候，透過鑲在前方的一整面大鏡子，她可以清楚地看見後方的狀況。

凌淨愣了一下，一時忘記把水龍頭扭緊，任憑水流嘩啦嘩啦地沖下來。

茶髮少女的雙眼緊緊盯著鏡中的某一點。

那是女廁的粉色磁磚地板。

她很確定自己踏進來時，地板相當乾淨，一看就是經過打掃。

可是此時此刻，鏡裡映照出的地板一角卻是……

像發了霉。

宛如沾著細細絨毛的色塊不規則地散布在光鑑的地板上，還侵入了磁磚的縫隙裡。

那些色塊的顏色有的青、有的白。

真的就像長了黴斑一樣。

凌淨的內心在瘋狂地吶喊：那是什麼？那是什麼？那是什麼？

她攢緊手指，心臟加速跳動，一股涼意從腳底衝上了腦門。下一秒她猛地回過頭，力道之大，幾乎像要扭傷了脖子。

凌淨提到嗓子眼處的心放下，手指也不自覺地鬆放開。她拍拍胸口，恍惚中竟生起一種劫後餘生的感覺。

女廁的地板很乾淨，什麼都沒有。

轉頭再往鏡子一看，鏡裡映照出的景象同樣乾乾淨淨。

「幻覺？眼睛出問題？總不會是見……呸呸呸！」凌淨把差點滑出的「鬼」字吞回去，她才不要像林靜靜那樣烏鴉嘴。

好的不靈，壞的靈。

不管如何，凌淨覺得看眼科這件事得要趕緊排進行程裡了。要不然再多來幾次這種眼花，她的心臟恐怕要撐不住。

意識到水還在不要錢一般地流著，凌淨忙不迭關了水龍頭，隨意甩甩手上的水珠，準備離開廁所，免得讓留在自己班上的林靜靜等太久。

可是。

茶髮少女才剛走了幾步，甚至連門口都還未抵達，她竟是再也提不起步伐。

那張漂亮的臉蛋更是「唰」地一下褪了大半的血色。

凌淨瞳孔驚恐收縮，倒映在她眼底的——是詭異的青白黴斑正放肆地佔據著她腳尖前的磁磚地面。

她不曉得那些黴斑是怎麼出現的。

就是一眨眼，它們就在了。

凌淨突然無比後悔，自己應該到四樓再上廁所的，這樣她放聲尖叫的話，還能確保林靜靜可以馬上趕到。

凌淨不想和這些詭異到極點的黴斑共處同一個空間，這表示她就得要趕緊跳過去。

幸好黴斑的範圍不至於太大，如果凌淨使勁邁步一跳，並不會踩踏到它們。

凌淨肯定自己是一點也不想讓鞋底碰觸到那些疑似發霉的鬼東西。

然而凌淨還來不及採取任何動作，女廁的門口倏地出現陰影。

有誰走了過來。

凌淨心中一喜，但是還未等她喊出求援的話語，就先見到影子主人的眞面目。

紅色的斗篷、紅色的眼睛，還有一柄巨大得不像話的金屬剪刀。

第一印象令人想到小紅帽這個童話角色的小女孩，就佇立在女廁門外。

凌淨一時間忘了恐懼，她的嘴巴不自覺張大，滿臉錯愕和困惑。

這裡是高中，爲什麼會無端跑出一名大約十一、二歲的小女孩？而且她的那身服裝，警衛看到了難道沒有攔下嗎？

起碼在凌淨的認知中，一般小孩子可不會做這樣打扮。

猶如鑲著熊耳朵的血紅色斗篷，裝飾金邊和金紋的黑短洋裝搭血紅色的南瓜褲，底下是一雙過膝黑色長襪；手裡持握的的巨大剪刀，則像是金屬扭曲製成，細白的脖子上居然還繫著皮革項圈。

而在斗篷下的稚嫩臉孔，木然得如同人偶，大大的紅色眼睛令人想到色澤剔透的紅玉。

「小妹妹，妳……」

凌淨的問話甚至還沒說完，就先被截斷。

「妳看到了，對吧？那麼……」

披著紅斗篷的小女孩舉起半個人高的大剪刀，以毫無起伏的空寂嗓音說：

「請問我可以剪掉妳的頭嗎？」

當聽到尖叫聲的時候，林靜靜起初並沒意會到那是什麼聲音。

那時候的她正拿著手機刷臉書，看看今天有什麼消息，直到一、兩分鐘過後，她才真正反應過來。

剛剛從教室外傳進的聲音……

是尖叫！

林靜靜猛地站了起來，也不管劇烈的力道差點弄翻椅子，她三步併作兩步便往外跑出去。

她其實不確定那是誰的叫聲。

可是凌淨至今還沒回到教室，以對方的腳程，這時間足夠她來回跑兩次行政樓了。

林靜靜在走廊心急地奔跑，她的腳步聲在安靜的廊道裡顯得凌亂又吵雜。

林靜靜的第一直覺是跑到這一層樓的女廁看，但是裡面一個人都沒有，她連每一間的隔間都檢查過了。

如果不是四樓，那麼會是在哪裡？

林靜靜急忙跑到樓梯口，看著往上和往下的樓梯。

一道直覺驟然跳出來，告訴她——往下！

二話不說，林靜靜便往三樓衝下去。

好在每一層樓的女廁都是設在同樣位置，距離樓梯口不會太遠。

林靜靜一跑到三樓，就瞧見一抹再熟悉不過的人影，像是嚇傻地跌坐在女廁磁磚地板上。

凌淨！

林靜靜心中的大石頓時放下，她減慢了速度，改小跑步地靠近凌淨。

茶髮少女的臉蛋蒼白，還染著淚痕，看上去彷彿受到莫大驚嚇。

這下林靜靜可以確定，先前的尖叫聲看樣子就是凌淨發出的沒錯。

「凌淨！凌小淨，妳怎麼了？發生什麼事了？」林靜靜趕忙攙扶起凌淨，後者像是腿軟，好幾次都站不直身體。

好不容易凌淨抓緊林靜靜的胳膊，終於穩住身勢站了起來。

她第一件事就是低頭往下看。

地板很乾淨，沒有絲毫污痕。

「凌淨？」林靜靜擔心地問，覺得事情不對勁，「是不是發生什麼了？」

「妳、妳……」凌淨吞嚥下口水，雙手仍是緊緊地抓著林靜靜不放，彷彿像抱著唯一的一根浮木，「妳有看到嗎……小紅帽？」

「啊？」林靜靜一頭霧水，發現自己跟不上好友的思路。

小紅帽？童話故事中的那一個嗎？

高中裡哪可能會有這號人物，除非是戲劇社在排演什麼的……

林靜靜還沒把疑問提出來，凌淨就先結巴地解釋。

「就是……就是一個穿紅斗篷的小女生，頭髮綁成兩束，手裡還還還拿著大剪刀……」

「大剪刀？」

「對，我沒騙妳，眞的！那剪刀有半個人那麼高！那個小女生的眼睛還是紅色的！」

「沒有啊。」林靜靜下意識地回答。她一路從樓上衝過來，都沒瞧見凌淨口中說的紅斗篷小女生。

而且如果眞有人帶著那麼大把的剪刀，又是怎麼通過警衛的檢查的？

越來越多疑問堆積在林靜靜心頭，但她沒有立即一股腦地問出來，而是耐心地詢問凌淨。

「凌小淨，妳沒受傷吧？剛那尖叫是妳發出的吧？差點嚇死我了……」

「沒，我應該沒事……」凌淨茫然地說，「尖叫的人是我沒錯。因爲那個像小紅帽的小女生，她剛就站在我面前，手裡拿著那把嚇人的大剪刀，然後……然後……」

凌淨乾巴巴地擠出聲音。

「她問我，能不能剪掉我的頭……」

林靜靜倒抽一口冷氣。

誰家的小孩子會問這種可怕的問題？不對，凌淨碰見的眞的是普通小孩子嗎？

林靜靜對於超乎現實的事還是相信幾分的，她熱愛收集八卦、都市傳說或各種傳聞，聽得多了，自然也會抱持著接受的態度。

況且上一回，她們沒聽毛茅的勸阻，執意走原路回家，不就碰上了……

林靜靜的眼神閃過一絲恍惚。

碰上了……什麼？

她晃晃腦袋，不是很明白記憶怎麼朦朦朧朧的。有個聲音在告訴自己，她們那一夜碰上的是一群野狗。

然而更深處又有一個聲音否認說：不是。

可是她想也想不起來。

將這份怪異先拋到腦後，林靜靜決定仔細打量凌淨一番。

凌淨仍語帶驚恐地說，「我本來只是想上個廁所，結果洗手的時候，忽然發現地板出現了很像發霉的東西……青青白白，還分布好大一片。不過很快又不見了，我懷疑我的眼睛果然出問題……」

林靜靜下意識往地板一看，接著她的目光宛若被凍住，血色驟然從她的臉上褪下。

凌淨還在說著事情發生的經過，「然後那個怪怪的小女生就跑出來了，先是問我是不是看到，然後才問我，能不能剪掉我的……林靜靜，妳在看什麼？」

察覺到黑短髮少女的視線一直凝望著地面，凌淨困惑地停下話聲，也跟著往下看。

地板沒有平空長出大片的黴斑。

既然如此，林靜靜在看什麼？

「凌淨。」林靜靜反抓緊凌淨的手，她的聲音又乾又澀，「妳說的那個小女生，她……她可能沒騙妳。」

凌淨以爲林靜靜在開玩笑，她的腦袋明明還黏在脖子上呢！

「林靜靜，妳在胡說八道什麼？」凌淨也有些生氣了，「妳在詛咒我嗎？」

「我不是……」林靜靜臉色蒼白，虛弱地說，「那個小女生，她剪掉的……是妳影子的頭。」

凌淨茫然地尋找著自己的影子，她看見自己的影子好端端地就在腳邊，被燈光拉長。

但是少了一部分。

她的脖子上，什麼也沒有。

她的影子沒有頭。

第九章

一年五班的同學最近發現，他們的副班長似乎有點不對勁。

雖然說她待人一樣友善開朗，笑吟吟的，可是一旦她獨自一人的時候，笑容就會隱沒，眉頭微蹙起，像是在爲著什麼事而煩惱。

就連時常來找她的那名茶髮少女也沒看見人了。

有人私下猜測，會不會是兩人吵架了，才會讓林靜靜的心情受到影響？

也有認識凌淨的同學跑到十班，想找當事人問情況，卻沒想到凌淨原來已請病假好幾天。

於是吵架的猜測被推翻，改成林靜靜正爲好友的病情擔憂。

林靜靜不是沒聽見班上同學的說法，她也確實是在擔心凌淨，只不過原因並非是對方生病了。

黑短髮少女在下課時間拿出手機，手指在螢幕上滑動，進入她常去的幾個臉書社團。

這些社團都是在探討不可思議、都市傳說、靈異事件等等。

簡單來說，就是和超現實有關的。

林靜靜是用另一個馬甲帳號上去發帖留言的，她不想被人認出身分。

而她的帖子統一都是——

人的影子如果不見了某部分該怎麼辦？例如手、腳、頭……

換作之前，林靜靜也從沒想過有一天，自己竟然會問出這麼令人感到匪夷所思的問題。

這聽在一般人的耳中，分明如此荒謬。

偏偏它眞的發生了。

如果不是親眼所見，林靜靜大概也不會相信。

就在三天前，凌淨在一年級大樓的三樓女廁失去了她腦袋的影子。

根據凌淨的說法，凶手是一名打扮像小紅帽，有著紅眼睛、拿著巨大剪刀的古怪小女孩。

小女孩問能不能剪掉凌淨的頭，然後凌淨影子的頭，就這樣完全消失了。

倘若凌淨現在站在光線底下，只怕會引起一陣恐慌。

這也是爲什麼凌淨不得不說謊，請病假的眞正原因。

林靜靜拚命翻找著自己帖子下的回應，然而得到的幾乎都是嘲笑和懷疑，誰也不相信這則帖子的眞實性。

巨大的失望讓林靜靜懊惱地將手機扔進抽屜。她鬱悶地將額頭往桌面一撞，不知道現在究竟該怎麼辦才好。

即使她號稱「八卦王」，卻也不認識懂得這方面的人物。

凌淨也不可能長期請病假，她的父母勢必會發覺異樣的。可是萬一讓她出門上學，那麼她影子少了頭的事情，很快就會引起軒然大波。

林靜靜趴在桌面，整個人被低落的情緒籠罩。

其實不單是爲了凌淨的事在煩憂，還有件事……她已經想起初見毛茅的那一晚，她們在回家路上根本就不是遇到野狗。

她和凌淨遇到的，是怪物。

或許是被無頭影子的恐怖衝擊到，林靜靜忽然間回想起了那一夜。

像是變異章魚的駭人存在、眼眶裡的蒼白火焰……

可是再深入，她就什麼也想不起來了。

林靜靜總覺得應該還有更多、更多的畫面記憶。

她不敢問凌淨，對方已經因自身的異狀而心力交瘁，只好將這份疑問壓在心底。

驀地，林靜靜聽見其他人在道早的聲音。

「早安啊，毛茅。」

「早啊。」

「早安。」

對了，毛茅！電光石火間，林靜靜的思緒被狠狠觸動。她猛地抬起頭，目光飛快地鎖定住走進教室的紫髮男孩。

林靜靜想起當初那一天，正是毛茅出聲喊住她和凌淨。

即使毛茅說他只是直覺那條路不適合走，但是、但是……

說不定他能給點建議。

就算瞎貓碰上死耗子也好，她已經不曉得該怎麼辦了。

主意打定，林靜靜忙不迭地朝正走過來的毛茅揮手。

紫髮男孩回了一個詢問的表情，金色的眸子睜得大大的。

「靜靜，怎麼了嗎？」注意到林靜靜一副想說悄悄話的模樣，毛茅壓低嗓音問，「發生什麼事了？」

林靜靜瞄瞄周遭的同學，覺得還是找個沒有人的地方說比較好。

「我們去外面吧。」

「嗯，好啊。」

黑短髮少女迅速抓著紫髮男孩的手，熟門熟路地找了個一般學生鮮少靠近的角落，還不忘先檢查四周，確保待會要說的內容，不會被他們以外的第三人聽見。

「很嚴重的事嗎？」毛茅敏銳地留意到對方緊張不安的眼神。

林靜靜深呼吸幾次，「毛茅，你還記得我們第一次碰面的事嗎？那時候，你不是要我們別走原本要走的那條路嗎？你說因為你直覺那邊可能有東西，或是會發生不好的事……對吧？」

見毛茅點頭後，林靜靜又說，「那……你相信超自然嗎？」

「相信啊。」毛茅直爽地說。

他家就有兩隻活的超自然，大毛和毛絨絨。

「那那那……」林靜靜猶豫地說，「你今天……可以和我一起去看凌淨嗎？」

「凌淨？」毛茅反應快，一下就推測出林靜靜找他的目的，「所以說，是凌淨的身上發生了一些……常理沒辦法解釋的超自然現象？」

林靜靜咬著嘴唇，慢慢地點頭。

「這事已經發生幾天了？」毛茅問道。

「到今天為止是第三天。」林靜靜說，「她現在是請病假在家，但我怕時間一長……」

「那就現在過去吧。」毛茅果斷地說。

「嗯，好，那就現在……」林靜靜的話聲突然一頓，像是此刻才意會過來毛茅的意思，她的音量登時控制不住地拔高，「等等，你說現在？你不遲疑或猶豫一下嗎？」

「妳希望我猶豫嗎？」毛茅笑嘻嘻地說。

「當然是不希望！」

「那就對了嘛。」毛茅咧開大大的笑容，「事情快點結束比較好啊，而且這樣就有理由蹺課了嘛！」

林靜靜覺得自己可以合理地懷疑——

毛茅，你根本只是想蹺課吧！

最後，林靜靜還是替他們兩人請了假。

畢竟榴華高中有個神奇的傳聞，聽說要是想蹺課的話，會有很大的機率，觸發這所學校的最大BOSS出現。

換句話說，很容易被校長當現行犯抓到的。

林靜靜不曉得這傳聞是眞是假，但她一點也不想親身證實。

毛茅對自己能光明正大地走出校門，似乎是感到很失望。

林靜靜簡直要哭笑不得了，「這樣就不會被警衛攔下了，難道不好嗎？」

「可是，這樣就少了刺激感啊。」毛茅還振振有辭地說。

林靜靜翻個白眼，不想理這名對「蹺課」有某種奇怪熱愛的紫髮男孩。

從榴華高中到凌淨的家，搭公車只要十幾分鐘就能抵達。

林靜靜沒忘記事先通知對方，並且得到一個好消息——凌淨的父母都去上班了，現在就只有她獨自一人在家。

「總之，不管你待會看到什麼，記得不要露出……」林靜靜本來想叮囑毛茅，不要被凌淨的狀況嚇到，太露骨地表現出害怕或排斥的情緒。可是句子在嘴裡打轉一圈，又嚥了回去。

她有種莫名的直覺，說不定毛茅一點也不會怕。

凌淨的家是一棟兩層樓的獨棟透天，外邊還自帶一個小院子。

當那名茶髮少女出來開門的時候，任誰都能看得出來，她的精神狀態很虛弱，神情也有些憔悴。

「你們蹺課來的嗎？」凌淨勉強露出一抹笑容，對兩人開著玩笑，「先進來吧，家裡沒其他人在。」

「唔，我本來是想蹺課的，但靜靜堅持要請假。」毛茅說。

「得了吧，萬一眞的被校長逮到怎麼辦？」林靜靜斜睨了滿臉惋惜的毛茅一眼，「我才不想親自證實那則學校傳聞到底是不是眞的。」

「哈哈，林大靜妳是指那個蹺課就會碰到校長的傳聞吧？」凌淨被逗笑，沉鬱的氛圍也稍微散去一絲。

毛茅的娃娃臉皺了起來。他還眞沒想到榴華居然還有這個傳聞，更沒想到的是——原來自己已經在無意中驗證過一次了。

凌淨讓兩人先坐下，自己則去廚房拿了三瓶飲料出來。

待喝了幾口後，凌淨像是攢足了勇氣。她站起來，走到毛茅和林靜靜的面前。

粗略一看，看不出茶髮少女的身上有何異樣。

毛茅的目光從頭巡視到腳，最後定格在凌淨的影子上。

人形的影子被拉得有些扭曲，可是依舊能夠看得出來有個地方不對勁。

那條影子，沒有頭。

毛茅眉毛皺了起來。怪不得凌淨要請假待在家裡，若是出門，很容易會引起騷動。

「事情是發生在三天前……」林靜靜負責說明緣由，「我們倆在學校待比較晚，然後凌淨去上廁所，就在女廁碰到了奇怪的小女孩。打扮像小紅帽，穿著紅斗篷，還拿著一把有半個人高的大剪刀。」

「她對我說……」凌淨語氣虛弱，「『請問我可以剪掉妳的頭嗎？』接著我也不清楚發生什麼，只記得自己大聲尖叫，再來就是林靜靜找了過來，發現我的影子……我的影子……」

凌淨說不下去了，她頹然地坐回沙發上，雙手摀著臉。如果可以，她眞不想直視自己的影子。

那會讓她無法逃避地意識到——自己現在，是個不正常的人。

離開凌淨的家後，毛茅一路上都是若有所思的表情。

他在思考著從凌淨那聽來的事發經過。

三天前，凌淨在三樓的女廁遇上了打扮得像小紅帽的小女孩，拿著一把巨大的剪刀，柄身構造奇特，像是扭曲的金屬。

而在小女孩現身之前，凌淨還在女廁的地板上看到了詭異的幻覺。

她看到像是黴菌斑的東西。

青的、白的，表面還覆有細細短短的菌絲……

就好像，磁磚地板眞的發霉一樣。

而小紅帽第一句問的，其實是——妳看到了，對吧？那麼……

第二句才是「請問我可以剪掉妳的頭嗎？」。

從這兩句話，就足以推斷出小紅帽剪掉凌淨影子的原因，是因爲她看到了黴斑的存在。

「黴斑嗎？」毛茅喃喃地說。他想到了第一次參加社團活動，透過特殊護目鏡所看見的景象。

眾多疑似黴斑的東西分布在青蘿公園裡，攀爬在地面、牆壁、遊樂器材上。

土地會產生廢棄物。

廢棄物的出現會造成周遭污染。

像是黴斑的東西，正是污染具現的象徵。

但凌淨又說，當小紅帽不見以後，黴斑也不曾再出現過。

依照除魔社的那些資料書，以及時衛所說的，黴斑消失只有兩個可能：一個是被刷洗乾淨；一個是廢棄物——也就是污穢的誕生。

然而這兩者，似乎都沒有發生。

毛茅抱著雙臂，思考著之後戴上護目鏡潛入女廁不被人發現且當作變態的成功率有多高。

「嗯嗯，眞傷腦筋啊……」毛茅喃喃地說。

「什麼東西傷腦筋？毛茅，你已經想到要怎麼做了嗎？」林靜靜連忙追問。

「大概……有個想法。」毛茅含糊地說。

在還沒有確切定論之前，他不想讓人先抱著不實際的希望。他打算先自己一探究竟，再不行的話，就找白烏亞幫忙。

直屬是負責照顧新人的，總不好讓白烏亞一直閒著沒事做。

毛茅在心裡爲自己的貼心點了一個讚。

既然對方都這麼說了，她也不好多加追問，她爲自己替對方添加麻煩感到有些不好意思。

「咳，那個……毛茅啊。」林靜靜說，「你要不要喝牛奶？我請你，看你想喝多少瓶都行！」

「別因爲我個子矮，就認爲我熱愛牛奶啊，副班長。」毛茅故作傷腦筋地說，「雖然我的確不討厭，不過其實我更喜歡洋芋片呢。」

「洋芋片？」

「對！假使妳對我說，看你要吃多少包我買單，那麼我大概會願意爲妳上刀山、下油鍋了！」

「眞的假的？這麼好收買？」

瞧見紫髮男孩比出一個發誓的手勢，林靜靜忍不住笑出聲，壓在心頭上的鬱悶似乎也在這一刻消失不少。

「眞的！」毛茅眞誠地說，他就是一個如此熱愛洋芋片的男子漢。

林靜靜決定在事情解決後，就去賣場搬一大箱洋芋片回來，作爲給毛茅的謝禮。

兩人一起結伴走到路口，林靜靜本來想和毛茅道別的，但她話還未說出口，就先被一幕景象吸引了注意力。

「毛茅、毛茅，是貓！」林靜靜拍著毛茅的手臂，示意他看過來。

毛茅正被走在馬路對面的美女攫住了目光，忙得沒空轉過頭來，他敷衍地說，「好好，我知道有貓了。妳喜歡可以去摸一把，不過別叫我摸了，我家就有一隻。」

「原來你還記得你家有一隻啊？」有道聲音陰陽怪氣地說，「朕以爲你都把心思放到外面的野貓身上了。」

林靜靜沒聽到那道說話聲，她正驚喜地看著冷不防闖入她視野中的雪白糰子。可愛得像顆麻糬的白色小鳥，揮動著比身體還小上許多的雙翅，朝著林靜靜啾啾直叫。林靜靜的一顆心都要融化了。

「大毛？」毛茅終於依依不捨地從那名走遠的美女收回視線，他狐疑地揚了揚眉毛，看著這時候出現在自己面前的黑色大胖貓。

還有那隻在林靜靜面前賣萌的圓雪球。

「你和毛絨絨怎麼跑到這來了？」

「朕只是在巡視自己的領土。」黑琅三兩下躍跳到毛茅身上，那沉重的身軀對後者來說，像是沒感受到太多負擔。他放低聲音，不高興地說，「結果沒想到會在這看到你，你不是應該在上課嗎？說！你是不是又背著朕，看上哪隻野貓想帶回家養了？朕告訴你多少次了，外面那些妖艷賤貨哪能跟清純不做作的朕比！」

「我就說你腦洞大，得治。」毛茅撓撓黑琅的下巴，「果然是毛病多……毛絨絨怎麼也跟你一起出來了？」

「毛絨絨？」林靜靜回過神，剛好聽見這三字，「這隻鳥的名字嗎？毛茅，這隻鳥也是你養的？」

毛茅猶豫一會，考慮到底該回答是家養，還是暫時收留的食客。

毛絨絨飛到毛茅的另一邊，溫馴地蹭了蹭對方的脖子。

林靜靜理所當然地將毛絨絨認定是毛茅養的另一隻寵物。

「眞可愛啊，而且好乖！」林靜靜誇讚地說，「居然不會飛走耶，簡直就像通人性一樣！」

毛絨絨驕傲地挺著胸。他可不只通人性，他還會變成人呢！

黑琅發出了不屑的喵喵聲。

「別喵了，去幫我買書吧。」毛茅又撓撓黑琅的下巴，「你跟毛絨絨一起去，順便帶他熟悉一下那邊的環境。」

黑琅瞪圓眼睛，他當然不會傻傻地以爲毛茅想買的是什麼健康課外讀物。

毛茅會買的只有小、黃、書！

「喵喵喵喵！」你又想叫朕幫你買那種污污污的髒東西？朕的名聲都要被你敗光光了！

「毛茅，你家的貓還會買書？太強了吧！」林靜靜驚歎地喊。她聽不懂黑琅的貓語，只當成對方是在同意毛茅的要求。

「大毛聰明嘛，聰明貓就要多做點事。」毛茅揉了一把黑琅的腦袋，「對吧，大毛？」

灌下迷湯的黑琅姿態優雅地跳下地，不忘對著毛絨絨的方向再喵一聲。

毛絨絨忙不迭拍動雙翅跟上。

「太厲害了啊……毛茅，你家的貓和鳥都聽得懂人話耶！」林靜靜語帶羨慕。她也想養寵物，尤其是貓。然而她老媽過敏，只能看別人家的或網路上的過過乾癮，「啊，等一下！你沒拿錢包給你家的貓啊！」

「放心。」毛茅擺著手，「那家小書店的老闆會幫我記帳的。」

抱持著想再多看那一貓一鳥幾眼，最好是能抱在懷裡拚命揉揉揉的心情，林靜靜乾脆留下來陪著毛茅一起等。

反正今天都請假了，也沒其他的事要做。

兩人不約而同地拿出手機，刷著臉書上的新動態。

就在等待時，林靜靜的眼角餘光驀地捕捉到一抹鮮艷的紅影子。

由於心裡記掛著凌淨的遭遇，林靜靜現在對於紅色都相當敏感，她反射性地抬起頭。

然後聲音霎時像被扼在喉嚨中。

黑短髮少女震驚地瞠大眼。

距離他倆幾步遠的位置，有一名小女孩就靜靜地站在那。

紅色的斗篷、紅色的眼睛、細白的脖子上繫著項圈。

那是一名會令人想到小紅帽的小女孩。

那是凌淨提過的……那名古怪小女孩！

林靜靜控制不住地倒吸一口冷氣，她的驚疑聲讓紫髮男孩迅速看過來。

「臥槽！」毛茅反射性就將林靜靜拉到自己身後，只不過他矮小的個子還是擋不住對方全身。

小女孩的雙眼瞬也不瞬地凝視著林靜靜，毛茅被她視作空氣。

那眼神太過死寂，眼珠更像是兩顆空洞的玻璃珠，讓林靜靜下意識寒毛直豎。

「妳看到了嗎？」

完全沒有抑揚頓挫的稚嫩童聲說。

睜著紅玉眼眸的小女孩面無表情，眼睫毛好似連眨都未眨動，乍看之下就像是一尊製作細節精美的人偶。

林靜靜的聲音被驚愕堵在喉頭，讓她無法順利地擠出一句話。

但是她惶恐的表情和瞪大的雙眼，無一不是表露出……

她確實是看到了什麼。

「靜靜？」毛茅留意到後方少女的異樣，擔心地問。

「有、有……」林靜靜像脖子被無形的手掐著，只能擠出破碎的音節，「有黴斑……那個小女生的腳下，我看到了白色的……」

白色的黴斑!?

毛茅瞳孔瞬縮。

打扮活像是小紅帽的小女孩，從小女孩腳下蔓延出的黴菌斑……這些，都和凌淨的描述一樣！

剪掉凌淨影子的凶手——就是她！

不待毛茅和林靜靜有下一步動作，穿著紅斗篷的小女孩再次開口。

明明是稚嫩童眞的聲音，吐出的卻是令人膽寒的殘酷句子。

「請問，我可以剪掉妳的脖子嗎？」

軟軟的尾音還飄蕩在空氣中，那抹血紅色的嬌小人影竟是猝不及防地動了。

她的速度太快，林靜靜壓根還沒反應過來，映在她眼中的紅影已在刹那間逼近放大。

像是扭曲金屬的巨大剪刀平空出現在小女孩的雙手上，鋒利的刀刃展開，眼看就要朝林靜靜身下延伸出的影子猛力一剪。

林靜靜嚇得呆住了。

倘若不是毛茅眼疾手快地拽著人往後敏捷連退，黑短髮少女的影子就眞的要少了一截。

來不及思考爲何凌淨和林靜靜都能看見污染具現化的黴斑，毛茅果斷地拉著林靜靜往人少的地方跑。

小紅帽果然從後追上，那雙冷冰冰的紅眼睛鎖定著自己的獵物不放。

「毛茅！離她遠一點！她不是人類！」

忽然間，有誰焦急地大叫。

林靜靜反射性地循聲望過去，闖入視野中的是一名陌生的白髮少年，還有毛茅的貓！那隻像雪球的鳥呢？爲什麼不見了？和黑貓在一起的少年又是從哪冒出來的？天啊，那位小紅帽難道就不能別追著他們了嗎？

諸多疑問讓腦海亂得像一團毛線的林靜靜更加混亂，她的思考終於停擺，只能任憑毛茅帶著自己行動。

變作人形的毛絨絨心急如焚，水色的藍眼睛慌張得宛若要滴出了水。他怎樣也沒想到自己和黑琅去買個書回來，竟會瞧見這一幕。

他不曉得那個一身紅的小女孩是誰，他只知道對方給他的感覺……

是危險的！

是非人的！

是令他感到排斥，以及厭惡的！

「快跑！」黑琅斥罵，催促著毛絨絨加快追上去。

幾個人加一隻貓的動靜不算太大，然而小女孩手上的剪刀著實太過扎眼，終究還是引來了幾道好奇詫異的視線。

搶在有人拿出手機、想拍下這幅畫面之前，毛茅果斷地開啓回收場。

猶如巨大網格的無數光絲飛也似罩下，將飛奔而來的黑貓和白髮少年也包圍其中。

不過是轉瞬間，周邊街景色彩「唰」地褪去，唯獨留下兩種顏色。

紅與白。

就連先前在不遠處停步圍觀的路人，亦消失得無影無蹤……

這個只有紅與白的世界，如今就僅剩下毛茅他們。

他們進入了虛幻與現實之間的空隙。

這裡，被除穢者稱之爲「回收場」。

第十章

當周邊世界只剩下雪白與赤紅，林靜靜呆若木雞，一時間還以爲自己在作夢。

發生什麼事了？

我是誰？

我在哪裡？

這三個大大的問題重重朝林靜靜的腦門撞擊過來，讓她頭暈眼花。緊接著她才猛然回過神來，她搖搖頭，甩去剛剛跑出的疑惑——起碼她還記得自己是誰。

所以剩下的問題就是……這裡到底是什麼地方？又是發生什麼事了？

林靜靜反射性望向毛茅。

對方可是如今她唯一熟悉的同伴了。

雖然那同伴不知爲何，正一臉訝然地凝望著她。

毛茅還記得伊聲是怎麼告訴他的，回收場只能拉進污穢和具備契魂的生物。

但是，林靜靜也被拉進來了。

再綜合她先前說的看見黴斑……

這表示著……

「毛茅？毛茅！」林靜靜被看得頭皮都要發麻。她都已經夠不知所措，紫髮男孩偏偏還用那雙亮得嚇人的金色眼睛緊盯著自己，像要在她身上看出個窟窿，嚇得她差點沒蹦跳起來，抓住毛茅的衣領猛搖晃。

「嗨，先冷靜點。」毛茅像是看穿林靜靜的意圖，連忙摀著領口，往旁退了幾步，「比起我的衣服，相信其他東西更有吸引力吧？」

「你是指……」林靜靜努力深呼吸，「這個只有紅和白的詭異地方嗎？還有那個……」

林靜靜的聲音驀地卡住，像有硬物堵塞在她的咽喉處。

她擠出斷斷的氣聲，驚恐地看著離他們兩人不遠的血紅人影。

比起這裡四處可見的紅，小女孩穿的那件紅斗篷，顏色莫名溢散出濃烈的腥氣和不祥。

林靜靜「咕咚」地吞了一口口水，她不知道有句話該不該說。

「那個斗篷……不會眞的，是泡過血的吧？」

「啊，放心，沒有的。」毛茅爽朗笑著說，「我的鼻子很靈呢，聞得出有沒有沾到血。」

林靜靜的嘴巴維持張開的形狀，她震驚地望著毛茅，覺得自己這名小夥伴說出來的話也很驚人啊。

但毛茅冷靜自若的態度，確實是影響到了林靜靜。

雖然無法像毛茅那般悠閒得不像話，但黑短髮少女多少鎮靜了幾分。

林靜靜下意識緊抓著毛茅的手不放，可很快又意會到雙方的身高差，這讓自己看起來就像是躲在弟弟身後的姊姊，然後弟弟身高不夠，還藏不住姊姊……

忽然有點心疼弟弟了。

林靜靜放開手，快速觀察周圍一圈，驚異地發現到，這裡的景象和他們原本待的地方分明是一模一樣。

只除了繽紛的色彩褪到只餘兩種。

對邊的小紅帽似乎也被這突來的變故弄懵，那張青嫩的小臉雖說依舊毫無表情，可從她左右張望的模樣來看，就能猜出她也在設法釐清這是哪裡。

「所以說，這裡究竟是哪裡？」林靜靜心焦地追問，「我們怎麼跑到這裡來了？還有你的鳥呢？」

「鳥？一直都好端端地在呀。」毛茅低頭往自己褲襠一看。

「不是那個！」林靜靜哭笑不得地大叫，「我是說毛絨絨！」

被點到名的白髮少年反射性站直身體。幸好他還記得在一般人類眼中，會變成人的鳥不是什麼正經動物，說不定會被抓去研究的，才沒第一時間就高喊一聲「有」。

誰知道有另一隻動物壓根不在意正不正經。

「幹嘛管那隻蠢鳥，醜不拉嘰的，連朕的十分之一美貌都比不上……」黑琅不耐煩地開口，「毛茅，朕想回去吃飯了。要小魚乾，還要高級牛肉！」

「嗚，我明明就不醜啊……」毛絨絨哀怨地小聲說。

林靜靜沒聽到白髮少年的哭訴，她的全副注意力都被毛茅腳邊的那隻大胖黑貓攫住了。眼鏡後面的杏眸瞪得像要突出來，她不敢相信地摀著嘴，但抽氣聲還是從後逸了出來。

她聽到什麼了？

貓在說話？貓會說話！

「看屁啊。」黑琅斜視一眼，「沒看過這麼貌美如花的貓嗎？朕的美貌光輝把妳區區人類震懾得說不出話來了吧？」

林靜靜的確是說不出話來，當然不是像黑琅說的，是被他的美貌震住。她自認眼睛還很好，實在無法昧著良心認同那隻曾被她誤認成小豬的黑貓長得人見人愛。

林靜靜一時竟忘了還有小紅帽在場，她僵硬地轉過脖子，震驚地看著毛茅，像是希望能從後者嘴中聽見自己只是產生幻覺這個答案。

「唔……」毛茅抓抓頭髮，然後乾脆地一攤雙手，很誠實地坦白，「就這樣囉。」

林靜靜被他那完全沒想過要掩飾的實話噎住。

「我插一下話啊……」毛絨絨怯怯地說，「那個啊……我們不用去多留意那個嗎？」

即使毛絨絨連續使用了兩個「那個」，但代表的意思可是截然不同。

一個是純粹的語助詞，一個是指——

猛然衝來的小紅帽！

危險至極的巨大剪刀一下張開，刀刃毫不留情地直鎖定其中的黑短髮少女。

「呀啊啊啊啊啊！」林靜靜反射性慌張尖叫。

毛茅眼神一凜，立即召喚出自己的仿生契靈，「大毛、毛絨絨，顧好靜靜！」

清亮的話聲未落，那條人影已風馳電掣地掠閃出去，橫抬的長劍生生架住了小紅帽的那把大剪刀。

毛茅看起來弱小歸弱小，比起高中生更像國中生，可力氣顯然和外表有極端的差異。那兩條細瘦的手臂就這麼輕而易舉地接下小紅帽的攻擊，暴露在衣袖外的皮膚甚至不見青筋浮冒，足以證明紫髮男孩並沒有使出太多勁道。

紅眼小女孩從頭至尾皆是一號表情。她判斷出僵持不會給自己帶來好處，毫不猶豫地鬆開手，大剪刀冷不丁地抽離。

蓄足力的長劍一失去對峙的目標，頓時讓毛茅差點重心不穩。他馬上穩住下盤，旋即再拔腿緊追那抹血紅的嬌小人影。

「別想跑！」毛茅手臂猛地施力，將長劍像標槍一樣地投擲出去。

炫亮的銀光登時像流星劃過半空，準之又準地穿透了飄揚的紅斗篷一角，進而貫穿其下的右小腿。

奔跑中的小紅帽往前撲跌，大剪刀飛出她的掌握，斜斜地插立在一邊。

筆直的長劍就這麼釘住了她身軀一部分，令她短時間內被剝奪行動自由。她撐起身子，無視那和紅斗篷猶如要融為一體的汩汩鮮血，無機質的紅色大眼睛回望向阻礙她的紫髮男孩。

下一瞬，小紅帽手一揮，卻不是針對毛茅展開攻擊，而是隔空操控起那把離她有數步之遙的歪曲剪刀。

誰也沒有預想到，小紅帽的那把剪刀居然是可以拆卸的！

兩枚鋒長的刀片霍地脫離握柄，一前一後地襲射向另一處的兩人一貓——但他們都知道真正被鎖定的目標是林靜靜。

毛茅神情驟變，再折返已趕不及第一枚刀片的速度。

林靜靜反射性閉著眼，抱著頭蹲下。可預料中的疼痛一直沒有到來，這讓她不禁納悶地先睜開一隻眼，再睜開另外一隻眼……

有道雪白身影挺出，擋在她和大黑貓的面前。

給人軟綿綿印象的白髮少年伸長兩隻手臂，擺出了保護的姿態；而他的背後沿著蝴蝶骨的位置，赫然展開了一對碩大的羽翼。

林靜靜呆呆地仰望。

翅膀上的羽毛閃爍著燦爛的流光，彷彿是由剔透的結晶一根根打鑄而成，在這個紅與白的世界裡炫麗得不可思議。

「你、你……」林靜靜張了張嘴巴，一個荒謬的猜想躍上心頭，「毛絨絨!?」

然後她就聽見眼前的白髮少年發出接近恐慌的抽氣聲，水藍色的眼睛覆上慌亂的淚霧。

這反應無疑說明了不少事。

黑琅鄙夷地嗤了一聲，「沒用的蠢鳥，這樣也能漏餡。」

好吧，這反應可就完全證明了林靜靜的猜測。

林靜靜茫茫然地閉上嘴巴，她也只是瞎矇的，誰知道還真的一猜就猜對。

鋒銳的長形刀片躺落在一旁的地面上，由此可推測出它們分別撞上了毛絨絨的翅膀，那不知道是什麼材質的堅硬羽毛不但將危險的凶器攔截下來，還將它們反撞彈出去。

目睹這一幕的毛茅大大鬆了一口氣，「幹得太好了！毛絨絨，晚餐給你加一隻雞腿！」

「啊！」毛絨絨立刻轉過身，還未收起的大翅膀差點搧到黑琅，後者憤怒地亮出爪子，惡狠狠地將他上衣下襬宛如尾羽的長條裝飾物抓得分岔更多，「毛茅，能不能申請換烤全雞？」

毛茅給了一個可愛的笑容，冷酷地說，「不行。」

「不如你變回原來的樣子，朕幫你塗層蜂蜜，再送進烤箱如何？」黑琅語氣甜膩地建議，

「肯定比烤全雞更好吃的。」

毛絨絨的藍眼睛裡又飆出淚光，他趕緊大力搖頭，就怕自己成爲今晚餐桌上的加菜了。

林靜靜麻木地聽著，她都不曉得該怎麼評論這段對話。

哈囉，你們這樣叫作自相殘殺好嗎？尤其是想吃烤全雞的那位，同是鳥類，吃同胞居然還能這麼嗨？

毛茅沒再和黑琅他們討論晚餐的話題，他大步走向被自己長劍釘住的小紅帽。

寬大的紅斗篷將嬌小的人影完全遮蓋住。

但是等到毛茅走近，他猛地發覺斗篷下竟然是空無一人！

那件紅斗篷彷彿被無形之力支撐，保持著人形。從後面看，根本就不會看出底下的人不見了。

猛烈的不安衝上，毛茅立即回頭厲喝，「小心小紅帽！」

只不過這番警告，終究來得太遲。

面向毛茅那方向的林靜靜他們還不明白發生什麼事，就先聽見空寂的童稚嗓音細細地說：

「我可以剪掉妳的脖子了。」

寒意剎那間凍住林靜靜的思考，她猛地轉過頭，卻只來得及捕抓到一瞬即逝的閃光。

「卡嚓」一聲。

紅眼小女孩手裡的大剪刀閉合又開張，完成了一次的剪裁。

原先撞上結晶羽翼、掉落在地面的兩枚大刀片，不知何時已經消失了。

「標記成功。」紅眼睛的小女孩平板地說。

她手上的大剪刀驀地淡化形體，最末成了縷縷煙氣。

緊接著，這名讓人聯想到小紅帽的小女孩立時轉身撤離。不過一晃眼，嬌小的身子便像飛射的子彈，衝破由光絲編織成的格網，脫出這個只有紅與白的異空間。

所有的一切，都發生在措手不及間。

林靜靜足足過了好一會，才有辦法明白過來眼下的情況。

「我……我的天……」黑短髮少女慘白著臉，她無意識地摸著自己的脖子。那裡什麼傷痕也沒有，可是只要她低頭一看——

那躺在地面上的人形影子，赫然在頸項間被開了一道口子。

即便林靜靜再怎麼膽大，讓她親眼見到自己的影子少了一部分，也不禁手腳發冷，身子發軟。

她的影子被剪走了……

和凌淨一樣，被那個擺明不是人類的小紅帽剪走了！

她會變得怎樣？

之後她會發生什麼事？

若不是還有一絲搖搖欲墜的理智支撐著她，黑短髮少女就要虛弱地往地面跌跪下去。

「我的天……」林靜靜啞聲地又重複說道。事實上，她也不知道自己現在能說什麼。

「……抱歉。」毛茅沒了以往的開朗，他語帶懊惱地說，「是我沒……」

「不是你的錯，絕對不是！」林靜靜用最快的速度反駁，「是我將你拉進這件事情的。嚴格說起來，毛茅你們只是被我牽連。」

「但是……」

「如果你眞的覺得過意不去，」林靜靜乾巴巴地說，「其實，我比較希望你能告訴我……毛茅，你們到底是什麼？」

會說話的黑貓。

會長出翅膀的白髮少年。

會平空召出武器和異空間的同班同學。

林靜靜恍惚地想，這簡直是刷新她三觀的一天。彷彿新世界的大門在她眼前打開，門內還有一股吸力，迫不及待地將她拉扯進去。

「我的確是熱愛八卦、熱愛各種奇妙的傳聞或都市傳說，但這些……」

林靜靜抹了一把臉，最後還是決定一屁股坐在地上。堅硬的地面讓她的身子不再有失重感，使她安心了一些，也總算有足夠的力氣擠出哀號。

「這些完全超出常理和常識了好不好！」

毛茅沒有插話，他知道林靜靜需要一些時間冷靜情緒，同時他也在想著這件事的後續該怎麼處理。

事已至此，紫髮男孩也很明白，這已經不是他一個人能處理的了。

「但是，爲什麼小紅帽不會想要剪我們的影子？」毛絨絨收起翅膀，他蹲在林靜靜身邊，白皙的面容揉滿不解，「因爲我們不是母的嗎？」

「可以用『女孩子』來稱呼嗎……」林靜靜虛弱地說。

「對不起、對不起……」毛絨絨忙不迭道歉，「是我的錯，都是我不好。所以小紅帽選定獵物的原因，是挑性別嗎？因爲從外表看的話，不是我的臉最好看嗎？」

黑琅直接一貓掌揮過去，「大膽刁民！敢在朕的美貌前說自己美？誰給你這個勇氣的？」

「你們倆都別吵。」毛茅語氣平靜，兩隻手卻是不客氣地用力抓住兩顆腦袋，換來哼哼唧唧的哀叫聲，「先不論性別問題，小紅帽說標記成功……那是做記號的意思吧？可爲什麼記號又要分不同部位做？大靜是脖子，小淨是頭……」

毛絨絨和林靜靜跟著也陷入苦思中。

「還用得著多想嗎？」黑琅卻是毫不糾結，「當然是丟給毛茅你社團的人去想。」

「毛茅的社團？你是說除污社？」林靜靜說，「要把這些事情跟學長姊交代嗎？」

「廢話！」

黑琅從鼻間發出哼嗤聲，斬釘截鐵地說道：

「上面的人不就是用來推卸責任用的？難不成還讓毛茅自己一個人單幹嗎？朕才不會允許這種事情發生的！」

社團大樓的五樓不管何時都是關著大門，沒有感應卡根本無法進去。

眼看著毛茅拿出磁卡，帥氣地一刷，閉闔的門板瞬間解開電子鎖，林靜靜幾乎是雙眼發亮地期待著門後面的場景。

這是她第一次要踏進傳說中的五樓。

除污社……不對，除魔社的大本營！

當門縫越開越大，林靜靜的一顆心也越提越高，然後……

「啊？」

黑短髮少女忍不住扶扶眼鏡，一雙杏眸震驚地瞪大，滿臉錯愕。

她怎樣也沒想到這個在眾人口中神神祕祕的除污/魔社所在地，居然會異常地……普通。

「我還以爲會像個邪教之類的。」林靜靜大失所望地咕噥。

「想太多了，少女。」毛茅率先往前走，「腦洞太大也是一種病喔。」

「妳的腦袋有洞嗎？」毛絨絨吃驚地問，「人類這樣還能活著嗎？真是太厲害了，確定不用去看醫生比較好嗎？」

「呃，不……」看著那一雙憂心忡忡的水藍色眼睛，林靜靜不知道該謝謝對方的關心，還是要解釋毛茅說的只是一種比喻。

黑琅用鼻子發出了嘲笑的哼聲，「別丟人現眼了，傻鳥。你可以試著在你腦袋開個洞，就知道能不能活著了。」

「放心。」毛茅回頭衝著大胖貓和白髮少年開朗一笑，「肯定會死的唷。你們倆再吵，我不介意各送你們一個洞的。」

接下來，林靜靜就看見那一貓一人連聲大氣也不敢出。

出乎毛茅的意料，辦公室沒有見到人，不過隨後他就聽見模糊的人聲從會議室那邊傳來。

毛茅對林靜靜等人招招手，一夥人朝會議室前進。

先是敲了敲半掩的門板，等到裡邊的話聲一頓，接著又傳出「進來」之後，毛茅這才將門推開，將裡頭的光景看得一清二楚。

不在辦公室的三人，都在會議室裡。

等一下。坐在長桌最邊邊的白烏亞對毛茅做了個無聲的口形。

一看就是主位的位子，坐的卻不是時衛，而是橘髮明媚的美麗少女。

木花梨溫柔且有條不紊地和螢幕另一端的人對話，時不時提出犀利的見解或是見縫插針的反問。

理應當坐在主位的時衛，則是一派慵懶地窩坐在另一張椅子上，戴著耳機，面前的螢幕則是一片黑。

林靜靜的眼睛忙碌得很。她一下看看木花梨和時衛，一下又看看白烏亞。

這三位學長姊可都是榴華赫赫有名的人物，其中最出名的就是他們的顏值——簡單來說，就是臉——難得有機會能夠一口氣大飽眼福，讓她登時連影子被剪的緊張感都遺忘不少。

毛絨絨擺出戰戰兢兢的姿態，像個小媳婦地縮著身子，努力將自己的存在感縮到最小。

毛茅一邊撓著黑琅的下巴，一邊默默聽著木花梨等人的會談。從頻繁被提起的「污穢」兩字，不難猜出螢幕另一端是「除穢者」相關的人物。

可能是別校的除魔社，也可能是除穢者協會？

毛茅他們在旁等候了十幾分鐘，立在長桌上的螢幕終於陸續收納進桌裡，結束了這一場小型會議。

白烏亞率先起身，只見他離開會議室，過沒多久又回來，手上拎著一根逗貓棒和一個貓罐頭。

明眼人一看，就知道他想做什麼。

黑琅鄙夷瞄了那個大塊頭一眼，直接用屁股墩對著人，擺明就是「朕不接受你的諂媚」。

毛茅發現白烏亞散發的期待光芒以肉眼可見的速度黯淡下來，連一雙冰藍色的眼睛也覆上失落。

「不好意思啊，學長，大毛他今天心情不好。」毛茅安慰著白烏亞，「他一個月總會有那麼幾天是這樣的。」

黑琅一尾巴拍上毛茅的手腕，金眸瞪睨對方一眼。

「毛茅，怎麼了嗎？」木花梨關心地詢問，溫暖的棕眸同時遞望向一邊的黑短髮少女和白髮少年。前者她還有些印象，是毛茅的同班同學；後者就真的是全然陌生，「這兩位是……」

「學姊、學長你們好。」林靜靜趕忙恭敬地自我介紹，「我叫林靜靜，後面兩字都是安靜的靜，和毛茅同班。」

「我、我是毛絨絨……」毛絨絨下意識地縮在毛茅身後，用寬大的袖口半遮著嘴巴，細聲地說，「是毛茅的寵……嗚！」

黑琅的尾巴這次是不客氣地抽打上毛絨絨。他恫嚇似地瞪著對方，只差頭頂上沒冒出一個對話框。

寵什麼？不知道這個家的寵物只有朕嗎？區區吃白食的不准亂造謠！

「是跟我一起住的室友，兼捲入方才突發意外的當事人之一。」毛茅爽朗地說，「學姊，你們是在開會嗎？」

「啊，是呢，在和別校的除魔社討論事情。這幾天發生了有點奇怪的狀況，他們明明感知到污穢的存在，但是趕過去後，偵測器的數字又消失，就好像污穢搶先被消滅，卻又查不出是誰……啊！」

霍然意識到現場還有非社團的人，木花梨連忙掐斷字句尾巴，有些慌張地轉移話題。

「總之，原本應該是由社長來負責和他們說話的，但是社長覺得……」

「他們長得太醜了，我拒絕和他們說話。」白金髮色的俊美青年懶散地說，那態度太過理所當然，偏偏從他口中說出，又讓人不覺得哪裡不對。

行行行，你帥你有道理……林靜靜暗中腹誹，被時衛傲慢的宣言拉開注意力，一時間也沒意會到木花梨所說的幾個奇特字詞。

「毛茅，你特地帶非社團的人過來，是和我們社團業務有關的事嗎？」時衛走到擺在櫃上的咖啡機前，動手替自己沖泡了一杯，會議室中很快就香氣四溢。他瞥了一眼其他人，舉舉杯子，「想喝嗎？自己泡，我的原則是不替人服務。」

黑琅「喵」了一聲，大大讚賞時衛的原則。

林靜靜略帶緊張地想擺手拒絕，沒想到木花梨先行一步找了幾個杯子，體貼地幫在場的人都準備一杯熱飲，濃郁的咖啡香氣登時瀰漫開來。

「我想拿鐵比較符合大眾口味。」木花梨甚至不忘為黑琅準備牛奶，然後遞給毛茅的是一杯熱可可，「毛茅，你喝這個，免得晚上睡不著覺。」

「學姊，妳真是太棒了！」毛茅滿足地嗅嗅那股甜香，比起咖啡，他的確更喜歡喝甜的，「要是妳再大上個二十歲的話，我都想直接跟妳求婚了。」

木花梨噗哧一笑，把這當成毛茅隨口說的玩笑話。

「說吧，你們的問題。」時衛坐回舒適的椅子上，長腿交疊，一手舉著骨瓷咖啡杯，一手擱在桌面上。這簡單的姿勢由他做來，就是寫意高雅。

林靜靜看向毛茅，將發言權交給對方。

「靜靜和她朋友凌淨的影子，被一個活像是小紅帽的小女生用一把大剪刀剪掉了，小女生的腳下還會出現黴斑。附帶一提，她還能被我拖進回收場裡面，然後她又跑了。」

毛茅說得很簡單，然而聽在時衛等人耳中卻彷若驚雷。

饒是時衛都忍不住微變臉色，身子往前傾，不再慵懶地貼靠著椅背。

「影子被剪掉？」時衛重複一遍，「被一個穿紅斗篷的小女生？」

「呃……對。」林靜靜緊張地將整件事的來龍去脈又敘述一次，就怕自己哪裡說漏了，會讓除魔社的人判斷錯誤。

木花梨瞪大眸子，反射性地摀著嘴，以免逸出驚愕的喊聲。

毛茅和林靜靜說的這一切，著實太過聳人聽聞了。

能被拉進回收場的只有污穢和具備契魂的人，再加上黴斑……

這兩條線索，簡直就是在直指他們提到的紅斗篷小女孩的身分……

但是，污穢從來不曾有過人形。

時衛充滿力道的視線盯住了林靜靜，讓後者不禁生起自己像是被鎖定的獵物的錯覺。

就算面前的那張臉孔再怎麼帥得天怒人怨，林靜靜都控制不了自己豎立的寒毛。她吞吞口水，要不是還惦記著被剪去影子的事，她還真想拔腿衝出這間會議室。

幸好時衛盯視的時間不長，只是幾秒鐘的時間——這幾秒林靜靜就已覺得度日如年，如坐針氈——他就將視線挪開，改落在她缺了一道口子的影子上。

受到光線影響，不仔細看，還真不會留心到在頸項部位有個缺口橫切過去，讓林靜靜的影子分成了兩截。

「學妹，妳的脖子會痛嗎？」木花梨難掩憂色，「有沒有哪裡感覺不舒服？」

「沒有。」林靜靜搖頭，對木花梨的關切感到暖心，「除了影子少一小塊外，完全沒有覺得哪裡不對勁。凌小淨，我是說凌淨也和我一樣。」

「妳有妳那位朋友被剪掉影子那天或那天之後的照片嗎？」時衛問。

「咦咦？」林靜靜被這突來的問題打懵了片刻，緊接著她搖搖頭。那件事發生後，凌淨怎麼可能有心情再拍照，「我記得是沒有的……要不我叫凌淨直接拍一張過來？啊，還是說視訊？」

「視訊。」時衛給出了決定。

林靜靜手腳迅速地向凌淨發出視訊邀請，對方很快就接受了。

手機螢幕上隨後跳出了茶髮少女的影像。

「林大靜，怎麼了？怎麼了？」凌淨迫不及待地問道：「有解決辦法了嗎？知道該怎麼拿回我的影子了嗎？」

「唔，可惜還沒有。」林靜靜隱瞞了自己的影子也被剪去的事，「有人想跟妳見個面。」

話一說完，林靜靜乾脆將鏡頭轉向，對上了另一邊的金髮青年。

疑問才浮上凌淨眼底，旋即就因見到的人影而轉成了震驚。

那雙美眸越瞪越大，最後凌淨不敢置信地爆出高分貝的尖叫。

「啊啊啊是時衛學長！是活的時衛學長啊啊啊！」

時衛二話不說地將手機接過，將音量轉至最小。

「對、對不起啊，學長！」林靜靜心虛地趕忙再拿回自己的手機，「我朋友她……她很喜歡你。」

「謝謝，我也很喜歡我自己。」時衛說。

林靜靜一噎。這話要她怎麼接下去啦……

毛茅再也不憋住笑聲，他開心地拍拍椅子扶手，「社長，我懂的。像我也超喜歡我自己，因爲我可是那麼帥啊。」

「毛茅是可愛。」木花梨糾正，還特地用手指比劃一下，「小小的、軟軟的，很適合讓人一把抱在懷裡。」

毛茅頓時心生警覺，就怕木花梨再對他施展一次埋胸擁抱，那次差點悶死的經驗他可是難以忘懷。

「那個，不須要理她一下嗎？」毛絨絨細聲地發表意見，白嫩的手指尖指著林靜靜的手機螢幕。

「天啊，差點忘記！」林靜靜猛地拍上額頭，迅速將音量再調大一些，好讓凌淨的聲音可以清楚地傳出，卻又不至於大聲到掀翻屋頂，「不好意思啊，凌小淨。」

「林靜靜，妳這混蛋！」凌淨壓低聲量，咬牙切齒地說，「妳爲什麼不提醒我有時衛學長在？他是榴華的男神耶！妳就讓我這樣素顏見人……不對，爲什麼妳會和學長在一起啊？」

凌淨艷麗的臉蛋扭曲一瞬，就像巴不得能跑出手機螢幕外，用力地抓著林靜靜的肩膀搖晃質問。

「手機。」時衛伸出手，對著林靜靜展開微笑。

林靜靜被迷得一時找不著南北，下意識將手機恭敬地放至對方的掌心上。

「學妹。」時衛對著緊張得連手腳都不知道該怎麼安放的凌淨說，「讓妳的全身入鏡，我要看妳的身體。」

「社長！」木花梨慌忙地說，「不對不對，你這樣講會讓人誤會的，不能對女孩子這樣講話啦！而且還有性騷擾嫌疑的！」

「其實我一點也不介意……」凌淨紅著臉，小聲說。

「性騷擾？誰？」時衛蹙起了眉頭，「我怎麼可能對比我醜的人做出什麼事。」

遠在另一端的茶髮少女，在這瞬間體會到什麼叫心碎和幻滅的滋味。

林靜靜同情地對好友合個掌，她也是現在才知道，時衛學長的那張嘴巴，輕易就能哽得人說不出話，還很難做出反駁。

「妳。」時衛指尖輕敲桌面，對凌淨拋出的問句卻一針見血，「是頭的影子被剪掉嗎？」

凌淨瞪圓了眼，反射性看向林靜靜，慌亂的眼神像在問對方爲什麼他會知道。

林靜靜連忙搖搖手，表示自己眞的什麼也沒透露。

從凌淨的反應來看，時衛已經得到他想要的答案。

「用不著擔心，剪妳影子的人不會再找上妳的。」時衛慢條斯理地說，微微揚起的笑意帶著說服力，「這件事，我們社團會負責處理，只是要麻煩妳再多請幾天假了。」

「不麻煩、不麻煩。」就算知曉時衛的性格和預想中的有所偏差，但那張完美的臉可以讓凌淨將這小小的缺點拋到腦後，只差沒討好地回答「學長你說什麼都好」。

單方面地結束視訊，時衛的眼神掃向林靜靜。

「妳也是。」

「咦？」

「一樣請假在家裡待著。」

林靜靜一臉茫然，只能反射性地答應。

「社長，你找到原因了？」毛茅好奇地問。

「我以爲這很明顯。」時衛放下空的咖啡杯，「她們都曾斷續地看到代表污染的黴斑，一個還能被拉進回收場——她們都有契魂，還沒成熟的。」

時衛平淡的句子，卻像在會議室裡扔了個重磅炸彈。

「契魂？兩位學妹都有嗎？」木花梨吃驚地站起來，「難道說……她們契魂的位置，分別是在頭和脖子那邊？」

「那麼，」白烏亞低沉地加入談話，「所謂的標記成功，就是在她們身上做了記號？她要等成熟了之後，再回來……」

白烏亞沉默一瞬，謹愼地吐出兩個字。

「取走？」

「假如她是要等待契魂成熟再回來收割的話，那倒是不用擔心了。」時衛說，「她等不到的。兩位學妹的契魂是註定不會成熟的那種，最多只能偶爾見到黴斑。」

「社長，你用的是肯定語氣。」毛茅敏銳地察覺到，「百分之百肯定的那種。」

「因爲我能看到契魂，還能感知到可能生成的契魂。」時衛按上自己眼角，以散漫的語氣說。那雙桃紅色的雙眼似笑非笑時，更顯妖冶，「或許你們說的那個小紅帽，也能找出誰有契魂，可顯然她分辨不出那究竟會不會成熟。我這是與生俱來的技能，所以別問我爲什麼。」

毛茅這下可明白爲什麼時衛當初會相中他了。

林靜靜很努力地聽，但依然聽得一頭霧水，只覺得其中有幾個名詞特別耳熟。

黴斑、污穢、回收場……！

「啊！」林靜靜後知後覺地大叫一聲。她想起初遇毛茅的那一個夜晚，她和凌淨究竟是目睹了什麼，「難不成你們就是『半夜的清潔工』？我那天看到的穿著黑袍子的學生，該不會也是你們社團的人？」

時衛微擰眉頭地問，「妳看到了什麼？在哪看到的？」

林靜靜想也不想地說出一個日期和地點。

木花梨對著時衛輕搖一下頭，「不是我們榴華的，應該是其他學校。」

「先等等。」白烏亞說，朝時衛遞了一眼，「我的直屬需要一個循序漸進的說明。」

毛茅決定給他貼心的直屬學長比一個心心的手勢。

「我來說吧。」木花梨溫婉地笑了笑，「『半夜的清潔工』是一個在榴岩市流傳的都市傳說。顧名思義，就是指一群疑似清潔工的人，在半夜刷著地板、牆壁或是其他東西。但奇異的是，他們刷的地方都看不出有什麼髒污。」

「這指的不就是……」毛茅恍然大悟地比比時衛他們，又比比自己。

「這則傳說的源頭就是除穢者沒錯。」木花梨說，接著看向林靜靜，「靜靜，妳們……」

「我……那天我和凌淨唱完歌回家，差不多是半夜了，然後我們……」林靜靜結結巴巴地重新回憶著，「我們在回家路上聽到有人刷地板的聲音，忍不住好奇，就跑過去偷看了。然後就看到怪物……」

對於那尋找回來的記憶畫面，林靜靜至今還是餘悸猶存。她搓了搓雙臂，打了一個小小的哆嗦。

像是變異章魚的巨大怪物，眼眶裡是蒼白色的火焰……

她只是想不明白，這麼駭人的事爲什麼她會忘掉？甚至混淆成自己那夜是碰上一群野狗？

「我想……」木花梨看出林靜靜的困惑，柔聲地解釋，「妳們是被模糊記憶了。」

「模糊……記憶？」

「對。除魔社在做的事不適合讓普通人發現，那會讓整個社會都陷入恐慌。不過模糊記憶畢竟只是模糊，假使受到什麼衝擊的話，還是有機會再回想起來。」

林靜靜摸上自己的脖子，影子被剪走這件事確實是太過衝擊了。

「木學姊，我以後也會有那種道具嗎？」毛茅被挑起了興趣。

「你自己都說『以後』了，別急。」時衛懶懶地說，「一口吃不了胖子的。道具、新知識那些，烏鴉之後都會告訴你。」

白烏亞點點頭，同時舉起手上的一張紙板，他不知道什麼時候做了簡單的重點記錄。

小紅帽會在白天出現。

她的目標可能是契魂。

她會剪掉別人的影子做記號。

她能自帶黴斑。

「我覺得『可能』可以劃掉。」毛茅指著第二排的字，「小紅帽那時還問靜靜有沒有看見黴斑……我猜她沒看上我的原因，就是我看不到？也許她是用這種方式來做最後確認的？」

時衛若有所思地撫過唇線。

污穢沒有人形。

向來只在黑夜裡出沒，白日則陷入休眠。

但，假設小紅帽眞的是污穢……那麼上述兩條規律，都將被徹底推翻。

新品種的污穢將掀起軒然大波。

「我會通知榴岩市其他學校的人，讓他們暫時停止實習生的活動。至於那隻估計有變裝癖的小紅帽污穢……」

時衛雙手交疊成塔狀，優雅地說：

「當然是丟給除穢者協會煩惱。上司不就是用來推卸責任用的嗎？不然所謂成熟的大人是擺著當裝飾品嗎？」

木花梨和眾人道別之後，便收拾自己的東西，率先離開了會議室。

她心不在焉地走下階梯，一手握著包包的背帶，一手無意識地撫著右上臂的位置。

沒有專心看著前方的結果，就是橘髮少女險些撞到了人。

「啊，對不起！」木花梨忙不迭地回神道歉，一抬眼，映入眼中的卻是再熟悉不過的容顏，「薄荷？」

「花梨學姊！」綁著俏麗雙馬尾的金髮少女歡快地喊道，看得出來她的心情很好，眼角都染著愉悅的氣息，「妳在想什麼嗎？那麼專心。」

「眞的很不好意思……」木花梨困窘地道歉，「我有撞到妳嗎？我不是故意的……」

「學姊，妳別在意。」薄荷雙手背在後方，「我沒事的，一點事都沒有唷。」

「妳沒事就好。」木花梨鬆了一口氣，羞澀地對薄荷笑笑，「抱歉，都是我不小心分心了。」

「沒關係，下次多注意點就好啦。」薄荷大方地安慰。

「嗯，一定會的。薄荷，妳包包上的吊飾呢？」木花梨看著薄荷空蕩蕩的背包右側，她記得之前還是掛著一隻粉紅色兔子玩偶。

「暫時收起來了。」薄荷笑彎一雙像濃稠蜂蜜的眼眸，「學姊，妳明天有空嗎？」

「嗯？有啊，明天週末嘛。」木花梨不解地問，「怎麼了嗎？」

「學姊忘了嗎？明天就是花梨學姊的生日了呀！」薄荷甜甜地說，「我可是要送學姊禮物的。」

「啊！」木花梨低呼一聲，她還眞的忘記這回事了。

「所以啦，」薄荷頰邊浮現甜蜜的酒窩，「明天下午一點，學姊可以到璘門那邊等我嗎？一定要來才可以唷，萬一沒把禮物送出去，人家可是會哭的。」

「我一定會準時到的。」木花梨鄭重地應允，感覺胸口像有隻小鹿在亂撞。

「那就先這樣囉。」薄荷俏皮地眨眨眼睛，「我很期待明天喔。」

「啊，我也很……」木花梨紅了臉，將「期待」兩字含在嘴裡。隨即她猛然想起什麼，急急喊住薄荷欲離的身影，「等一下，薄荷！」

薄荷轉過身來，金耀的雙馬尾跟著晃了一個弧度。

「社長說這幾天暫停社團活動。」木花梨說，「不過之後妳記得要再出席才可以，妳已經有許多次的實習都沒來參加了。」

「唔，之後再說吧。學姊掰掰，我先走了！」薄荷沒正面回答，她對木花梨揮揮手，然後頭也不回地離去。似乎她過來社團大樓這方向，就是爲了專程找木花梨敲定明天的會面。

木花梨望著那抹越來越遠的影子，喜悅很快又被擔憂覆蓋過去。她猜不出來薄荷這陣子是怎麼了。不參加實習活動的話，又該要怎麼獲得積分？

薄荷不是想盡快當上除穢者嗎？

懷抱著心事，木花梨慢慢地也走出社團大樓。

而不論是薄荷或木花梨，都不曾發現到在其中的一根廊柱後面，其實還藏著一抹人影。

紫髮男孩懷裡抱著大胖黑貓，肩頭停著一隻雪球似的鳥。

毛茅也沒想到，自己只是在社團大樓裡多晃了一圈，就碰上方才的那場談話。

「毛茅。」毛絨絨在男孩的肩頭蹦跳一下，短翅膀跟著拍動，「那個金頭髮的女孩子有種討厭的味道……我不知道她是在哪沾上的，總之你別接近她。」

「嗯……」毛茅沉吟一聲，沒附和毛絨絨的話。

突生的直覺在告訴他，明天的那場會面，他應該去探看個究竟。

去看看璘門那邊，將會發生什麼事。

第十一章

隔天是週六，不用上課。

毛茅還惦記著前一天的事，今天一早難得不用鬧鐘，就自動自發地爬起來。

這讓沒辦法再展現泰山壓頂的黑琅不禁萬分失落。

「反正大毛你也沒成功過啊……」毛茅一眼就看穿黑琅的心思，他嘴裡含著牙刷，用腳尖踢踢對方幾下，把黑琅趕出了廁所，「自己去開個罐頭，不准拿第三層的。」

第三層的都是特別高級，等同於特別貴的罐頭。

黑琅一張黑漆漆的貓臉不滿地垮下，經過客廳裡還在昏昏大睡的白髮少年時，不客氣地從那隻垂下沙發的手踩了過去。

黑琅那沉甸甸的重量絕對不是蓋的，梅花似的肉球剛一踩下，瞬間就換得了毛絨絨的慘叫，癱睡在沙發上的身體也跟著滾下來，和地板來個零距離的親密接觸。

「嗚嗚嗚，好痛喔……」毛絨絨哭喪著臉，淚水在藍眼睛裡打轉。

看毛絨絨不開心，黑琅就開心了，沒高級罐頭可以吃的鬱悶好像也平復一些。

毛絨絨雙眼噙淚，不過一聽到毛茅喊了聲「吃飯」，眼淚立刻收起來，變回原形，與高采烈地拍著短翅膀飛向餐桌。

爲了節省開銷，毛茅直接讓毛絨絨以白糰子的姿態飛上桌，小口小口地啄著碗裡的食物。吃到一半，毛絨絨還會轉飛至毛茅的肩膀，和對方一塊看起今日的課外讀物。

那些課外讀物在黑琅眼中，都有個讓他想要鄙夷的共同稱呼。

小、黃、書。

不想理會那邊又在爭論起胸大胸小的一人一鳥，黑琅轉用自己的大屁股面對他們那方，一顆腦袋埋進貓碗裡努力進食。

雖然說向毛絨絨宣揚大胸的美好很重要，但毛茅可沒忘記今天還有重要的事得做。

——要去璘門一趟。

昨天回家後，他就上網搜索了一下這個聽起來是某地名的兩字，還眞的被他找到了，就是榴岩市的一間廢棄工廠。

雖說不曉得薄荷爲何會選擇這種地方作見面地點，毛茅還是將地址記了下來，打算早點前往那裡查探一番。

他還是很在意薄荷約木花梨見面一事。

強烈的直覺不斷地在向他說，要他不管如何都得過去一趟。

毛茅是個很相信直覺的人，並且會二話不說地聽從這聲音貫徹行動。

眼見即將十二點，他馬上抄起自己的外出包，塞了一包洋芋片進去，再挑眉看向蹲踞在玄關、虎視眈眈盯著他背包的一貓一鳥。

兩雙眼睛只差沒寫著——

帶我、帶我！

帶朕、帶朕！

毛茅似笑非笑地勾起唇角，將包包開口打得更開，立刻就有兩道影子「咻」地加速衝來，各自在包裡找了位置窩好，還不忘留給洋芋片充分的空間。

要知道，假如壓碎了那包餅乾，毛茅會很樂意將他們倆也壓碎的。

在這個家，貓/鳥不如一包洋芋片，想想也真是傷心。

毛茅可不管兩隻寵物是什麼心思，他叼著一根棒棒糖，開著手機地圖，按照上頭規劃的路線，在四十分鐘後抵達了目的地。

璘門的招牌還掛在廠房外，但工廠大門深鎖，周遭用金屬圍籬圈起，空地上還能見到一些生鏽的鐵器凌亂地堆擺。從玻璃破損的窗口探頭望進去，工廠內部被搬得很乾淨，幾乎沒留下什麼工具器材。

這裡怎麼看都不像是適合兩名少女會面的地點，尤其其中一方還打算要贈送生日禮物。

「太沒氣氛了吧……」毛茅喃喃地說，「除非這地方對木學姊她們有什麼特殊意義？」

無論實情如何，那都是只有木花梨和薄荷才知道的了。

毛茅繞著這座廢棄工場走了一圈，最後選定一棵大樹作爲藏身處。他個子矮小，只要小心地趴伏好，就能利用濃密的枝葉來隱藏形跡。

黑琅和毛絨絨分別從背包裡鑽出，各佔據一方樹枝。

快要一點的時候，木花梨和薄荷果然先後出現了。

看得出來，木花梨出門前有特意挑選過服裝，顯示她對這場會面的看重。

薄荷則是可愛系的打扮，肩掛著一個小包包。一看見木花梨先到，就高舉著手揮動，大眼睛笑瞇成月牙狀。

「花梨學姊！」薄荷小跑步地上前，雙手熱切地握著木花梨的手晃了晃，「我還擔心妳不過來了呢！」

「怎麼會？」木花梨失笑，「我已經答應過薄荷妳了。」

「學姊，妳還記得這地方吧？」薄荷說。

「嗯，記得的。」木花梨的微笑裡滲入一抹懷念，「這是我跟妳第一次碰到污穢的地方呢，幸好那時候有社長和烏鴉他們在。」

「對呀，否則學姊就要手忙腳亂的，不知道該怎麼辦才好了。」薄荷笑嘻嘻地說，「就是因爲這裡有特別意義，我才選了它。哪哪，學姊，這是要送給妳的。」

說著，薄荷從小包包裡拿出了一個包裝精美的可愛紙盒子，還用緞帶綁起來，在上端打了一個蝴蝶結。她的掌心向上，把禮物遞給了木花梨。

即使昨天已經知道薄荷要送自己禮物，但木花梨還是忍不住又驚又喜。

「生日快樂！希望妳會喜歡唷，花梨學姊，現在就打開來看看吧。」薄荷催促地說道。

木花梨依言將包裝紙和緞帶都拉開，她滿懷期待地慢慢打開盒蓋，躺在盒子裡的是一隻外形可愛的布娃娃。

穿著紅斗篷，令人想到小紅帽的布娃娃。

那是個很可愛的禮物，木花梨對這類小東西向來沒有抵抗力，她原本該滿心歡喜地收下。

然而橘髮少女臉上的血色，卻在剎那間盡褪。

因爲本來是以線條縫製閉眼表情的布娃娃，在這時張開了眼睛，紅鈕釦取代黑線，平空就出現在那張小臉上。

「啊……啊……」木花梨白著臉，捧著盒子的手指發顫，驚慌在她眼裡浮現。

她看到了……

就在小紅帽張眼的瞬間，白色的黴菌斑以它爲中心，迅速朝外擴散開來。

在木花梨眼中，她如今就站在黴斑圈之中。

被污染重重包圍。

「花梨學姊，喜歡我送妳的禮物嗎？」薄荷開心大笑，好似沒看見木花梨蒼白的臉色，「被黴斑包圍的妳非常好看唷！妳喜歡嗎？妳喜歡嗎？這是爲了回報妳背叛我而給妳的驚喜啊！」

「不！」木花梨就像被燙著手一樣，反射性將盒子連同布娃娃扔了開來。她惶恐地看著薄荷，不明白雙馬尾少女爲何能笑得如此開懷。

就好像自己的失態……是她快樂的源頭。

「爲什麼說我……背叛？」木花梨乾澀地說，纖細的身子似乎搖搖欲墜。

「都是妳的錯，花梨學姊，是妳不好。」薄荷上前幾步，親暱地對著木花梨竊竊私語，像訴說一個小祕密。她的嘴唇貼得如此近，幾乎要觸及對方的耳殼。

假使換作以往，木花梨定會緊張地紅了整張臉，心跳速度加快。

但是現在，她只覺得身上好似一盆冰水澆淋下來，寒意滲入了她的體內，蔓延至她的五臟六腑。

因爲薄荷說：

「妳怎麼沒有背叛我？學姊，妳不是要丟下我、離開我了嗎？妳不能走的，妳明明就弱小得不行，如果妳不繼續待在我的身邊，大家又怎麼會知道妳多沒用，我多強大？」

木花梨張張嘴巴，卻拼湊不出完整的音節，不敢置信的神情佔據了她整張臉。她以爲自己聽錯了。

就在此時，被扔在地上的布娃娃無預警地懸空浮起，鮮紅的斗篷無風自飄。紅鈕釦的眼睛漸漸改變質地，竟然眞的成爲兩顆人類的眼珠子。

下一秒，飄浮在空中的布娃娃驀地消失，取而代之的是一名穿著紅斗篷的小女孩。

「臥槽！小紅帽!?」毛茅大驚之下忘記控制音量，那拔高的喊聲立刻引來薄荷的注意。

「是誰在那裡？出來！」薄荷神色一變，尖銳地大叫。

毛茅從樹上滑下，黑琅和毛絨絨則被命令先按兵不動。

「是你，小高一？」薄荷一見是同社團的紫髮學弟，頓地扯出輕蔑的冷笑，「你躲在這裡偷聽我們說話？那麼，你就跟花梨學姊一起吧！」

只存冷酷的甜美聲音進入在場另兩人耳內，薄荷迅速按下手環上的按鈕，開啓回收場。

無數光絲迸綻，瞬息之間便形成網格，罩住包含廢棄工廠在內的地帶，繽紛的顏色被慘白與艷紅侵佔。

白色的地面、紅色的天空、紅白相混的建築和景物。

在這之中，唯有木花梨、薄荷、毛茅和小紅帽仍保有原色彩。

薄荷還是那身綠白相間的可愛系便服，只不過她的雙手上各出現了一把裝飾華麗的短刀。

那是屬於她的契靈。

毛茅能感覺到偌大的惡意從面前的雙馬尾少女身上傳來，他本能地開啓一鍵換裝，長劍即刻攢握在手中。

薄荷看都不看他一眼，全然不將他當作一回事。

「是妳的錯，是妳的錯呀，學姊。」薄荷往後退了幾步，好能欣賞木花梨的表情。她咯咯地笑著她，笑聲越漸高昂，像把尖銳的刀狠狠刺進木花梨耳中，同時也讓毛茅聽得一清二楚。

「學姊、學姊，妳不能丟下我，妳不能離開我……我啊，原本眞的是這麼想的。」

恍惚中，木花梨忽地想起自己要出國的事被薄荷得知的那一日。

可愛的少女對她訴說：

「這很重要的，要是學姊不再待在我的身邊，我就沒辦法保護妳，沒辦法……」

那些曾經含糊的音節，驟然間以異常明晰的姿態重現在她的耳畔。

「沒辦法讓其他人知道，我原來是這麼厲害。」

像是狠狠的一巴掌，搧打在自己的臉頰上。

又疼又痛。

同時也打碎了她自以爲的瑰麗幻夢，讓她清醒過來。

她喜歡的少女，原來從頭到尾都沒有喜歡過自己。

「但是現在不一樣了，我不需要妳了，學姊。」

金色雙馬尾的少女露出甜甜的笑靨，她伸開雙臂，得意洋洋地向他們炫耀起小紅帽。

「讓我向你們介紹，這是人形污穢！你們肯定也是第一次見到吧？是我發現她，是我目睹她誕生至這個世界。她又乖又聽話，我說什麼都會去做，就算是殺掉另一隻污穢也毫不猶豫，她幫我賺了許多、許多點數呢！」

人形的污穢？

殺掉另一隻污穢？

木花梨震駭得連表情都控制不住了。

薄荷說的一切都像是天方夜譚，如果擺在幾天前，木花梨大概是不會相信的，畢竟從來就不曾聽說過污穢具備著人形。

污穢有力量，有智慧。

但是它們沒有人形，這是它們身爲怪物的最大證明。

可是就在昨天，毛茅和林靜靜才說了疑似人形污穢的存在出沒在榴岩市。那是個打扮像小紅帽的小女生，面無表情，有著紅玉般的大眼睛，會剪去擁有契魂之人的影子作爲記號。

那些特徵……都和薄荷身旁的小女孩一模一樣。

倏地，一個不可思議的念頭撞進木花梨的腦海，令她的身子產生一股子顫慄。

其他學校的除魔社說，這陣子有多次感知到污穢的存在，然而當他們趕到時，污穢卻像被人早一步地消滅。

而薄荷剛剛也說，那個小女孩幫她賺了許多、許多點數……

能夠短時間獲得大量點數的方法，就只有……越是深入想像，木花梨就越感到手腳冰冷。

「是妳……是妳們……」木花梨嘶啞地找回自己的聲音，「這陣子被突然消滅，卻不知被誰消滅的污穢，是妳們……」

「沒錯，就是我和紅鸝。」薄荷一點也沒想過要隱瞞，「紅鸝是我替她取的名字，很不錯對不對？」

「妳到底在想什麼？薄荷！妳瘋了嗎？」木花梨無法置信地高聲質問，「那可是污穢，污穢會吃掉契魂！而她甚至還剪掉了兩名無辜學妹的影子！」

「那又怎樣呢？」薄荷卻是露出輕蔑的笑容，吐出了令木花梨呆愣的答案，「花梨學姊，妳自己也說了，污穢要吃契魂，那我的紅鸝只是要吃她該吃的東西而已。她會剪掉那兩人的影子，就表示她們的契魂壓根沒成熟。換句話說，不過是……」

薄荷停頓一下，漫不在乎地又說：

「區區的隱性，更可能到頭來永遠成熟不了，只能淪爲差勁的贗品。」

木花梨只覺寒意從心底漫淹出來，像是要凍徹心扉。

「我挺佩服妳的，薄荷學姊。」毛茅慢吞吞忽地插話，將薄荷的目光拉過來，並在誰也沒察覺到的時候，將手機藏在背後，飛快地發送訊息出去，「妳居然有勇氣將這麼危險的……嗯，存在，放自己身邊。如果是我的話，我絕對不會把比我強的傢伙放身邊養的。」

藏身在樹上的黑琅和毛絨絨同時想打個噴嚏，但又被他們忍下了。

薄荷靈活旋動手上匕首，匕身上的冷光映入她的眸裡，將她漾出的甜美微笑也染上冷酷。

「小高一，你好蠢喔。紅鸝她就是我養的狗狗，就算是污穢又怎樣呢？還不是乖乖地被我戴上項圈，她什麼也不懂，只知道要聽我的話。所以呀……」

「我已經不再需要妳了，花梨學姊。」薄荷轉頭對木花梨甜蜜地說，「我不再需要幫不上忙的妳，也不用再忍受隱性待在我的身邊。花梨學姊，還有你，小高一，你們都是讓人不愉快的存在。」

金色雙馬尾的少女笑彎一雙眼，眸底流淌的是彷如蜂蜜甜膩的光芒。

「紅鸝，他們的契魂……歸妳了！」

被薄荷命名爲「紅鸝」的小女孩動了，她出手速度飛快——

薄荷洋洋得意的笑容凍住，這使得她那張甜美的臉蛋呈現剎那的扭曲。

因爲小紅帽沒拿出大剪刀，也沒有攻擊毛茅，更沒有攻擊木花梨。

她潔白稚幼的手指併攏呈錐形，在猝不及防間就深深地……

深深地……

沒入了薄荷的心口處。

「薄荷！」木花梨的尖叫像被駭然浸泡過。

從小紅帽的手指刺進薄荷的胸口，到她從裡頭刨挖出一朵花瓣柔軟搖曳的淡綠色花朵，甚至當著眾人的面，將那朵花填塞進張開的嘴巴內。

這一連串的動作，僅僅在數秒鐘內就完成。

但是這數秒鐘，就註定了接下來的發展。

金色雙馬尾少女的身子搖晃一下，接著驟失力氣地跪坐下去，手裡的契靈早就如泡泡破滅。她顫顫地伸手捧著胸口，可是那位置沒有傷口也沒有血跡。

雪白的薄外套上仍然乾乾淨淨。

如果不是感覺自己虛弱得像下一秒就會昏倒在地，或許薄荷也會懷疑起剛剛的一切是不是幻覺。

她大口大口地呼吸著，臉上全無血色，瞠圓的棕眸盛滿驚怒和不敢置信，甚至夾雜著一絲藏不住的恐懼。

「妳這是做什麼？我是叫妳攻擊他們啊！」薄荷歇斯底里地怒吼，「攻擊他們！那個紫頭髮和橘色頭髮的！妳是蠢得比狗還不如了嗎？」

面對這劈頭蓋臉的辱罵，吞下綠色花朵的紅眼小女孩微歪了一下頭。她的眼裡沒有情感，血玉的瞳孔就像兩顆冰冷的玻璃珠，但是她的嘴角卻是向兩側拉開，越拉越開……形成了一個和她的表情反差到讓人毛骨悚然的大大笑容。

小紅帽說：

「我不是狗，我是污穢啊。謝謝妳的契魂，它很好吃，它是這裡最成熟美味的契魂了。」起初薄荷沒反應過來對方在說些什麼，她太虛弱了。等到她明白小紅帽的意思，她猛然一震，難以相信地死命瞪住木花梨。

木花梨的契魂明明早就成熟了，怎麼可能……怎麼可能！

「所以，爲了謝謝妳。」穿著紅斗篷的小女孩繼續歪著腦袋，她細白的脖子伸長，像蛇似地驟然擋在薄荷的面前，對那張駭恐的面容視若無睹，那道稚嫩的聲音說，「我會把妳留在最後的。」

下一秒，小紅帽的臉孔正面轉向了毛茅他們。

小紅帽咧開歪曲的笑，鮮紅的眼睛深處像漩渦轉動，色澤也漸漸加深，彷如黝黑的窟窿。

「學姊。」

「花梨學姊。」

「離開我身邊就沒有用處的學姊。」

「妳爲什麼要走？妳爲什麼要背叛我？」

「妳唯一的價値就是襯托出我的優秀啊。」

從張開的嘴裡流洩出的，是屬於薄荷活潑輕快的嗓音，可字字句句都像刷上最惡毒的色彩。

小紅帽手裡平空出現大剪刀，她踩著靈活如舞蹈的步伐，帶著飛揚的斗篷衝向了毛茅兩人的方向。

「毛茅小心！」

「大毛和毛絨絨待好，別亂動！」

木花梨和毛茅迎上來勢洶洶的紅影。

小紅帽將自己的大剪刀拆分成兩枚鋒長的刀片，左右開弓地砍向了兩名敵人。

金屬之間的擦擊聲尖銳刺耳，像要刮痛人的耳膜。

「下等的隱性怎麼能跟顯性共處一室？」

「和你們在一起呼吸同樣空氣，我就覺得受不了啦。」

少女的聲音持續從小紅帽嘴裡逸出。

薄荷的表情因爲過度駭恐而變得猙獰，她嘶氣地喊，「爲什麼妳會……爲什麼……」

最末的句子薄荷吐不出來，並不是忽然失聲，而是她說不出來。

因爲小紅帽說的，全是她心裡曾想過的話。

她看不起隱性，看不起笨手笨腳、只會對自己害羞微笑的木花梨。

小紅帽爲什麼會有辦法知道？

薄荷腦海一片混亂，同時一股無法言喻的害怕漸漸攀爬上來。她掌控不了小紅帽的這個事實，簡直像一巴掌不留情地抽甩在她的臉上。

她以爲聽話溫馴的狗，原來是會狠狠咬斷她脖子的狼！

第十二章

小紅帽有如在歡快玩耍般轉動著鋒利的剪刀刀片，每一下都帶著危險的利風，只要一沾上身，就會當場血流如注。

比起去照看薄荷的情況，木花梨咬牙將全副注意力放在小紅帽身上，不敢放鬆一絲一毫的戒備。

那是人形的污穢。

那是不知道會給人類、給除穢者帶來何種後果的——

災難！

即使只是單邊刀刃，在小紅帽的掌控下依舊充滿著強大的破壞力，硬實的地面被切割得亂七八糟。

木花梨多次驚險閃躲，卻在措手不及間被小紅帽垂在腰間的狼尾巴纏捲住了手腕，將她連人帶劍地往前扯拽。

下一剎那，小紅帽的斗篷底下赫然鑽冒出一顆棕狼的頭顱，森森利齒從張大的嘴裡暴現，眼看就要一口將木花梨的整隻手臂都咬掉。

「木學姊！」毛茅無暇多想，立刻橫劍插入。

上下兩排的利齒瞬間咬合，卡嚓卡嚓的，竟是將毛茅猶持握的那柄仿生契靈咬斷數截，成爲破爛的金屬。

毛茅可沒想到這把武器那麼不經咬，愕色閃過他稚氣的臉。

「人造的契靈也想跟污穢抗衡嗎？」小紅帽嘻嘻哈哈地笑，和薄荷如出一轍的嗓音在所有人耳邊迴盪。

但最令人毛骨悚然的，莫過於如此暢聲大笑的紅斗篷小女孩，她的那雙紅玉眼瞳從頭到尾都沒有波動。

在那陣尖高瘋狂的笑聲中，另兩道焦急的吶喊當即被覆蓋了過去。

「朕來救你了，毛茅！」

「毛茅！」

被嚴令不准動的黑琅和毛絨絨再也按捺不住，驟然自藏身處衝下，像是兩枚大小不一的黑白炮彈，前後猛力地衝撞上小紅帽。

鋒銳的爪子、獠牙，尖尖的嘴喙，毫不客氣地全往那抹紅影和紅影上的狼首攻擊。

紅斗篷下的狼首消失，小紅帽發出了憤怒的吼叫，將死纏不放的黑白影子使勁甩開。

「大毛！毛絨絨！」毛茅果斷放棄破損的仿生契靈，趁著小紅帽被轉移目光的瞬間，一個抬腳踹開了那道比自己稍矮幾分的嬌小身影。

黑琅在高空扭轉身子，很快就以和外表不符的輕巧落地。

毛絨絨就沒那麼幸運，他像顆球般不停滾動，滾得七葷八素，直到撞上失去顏色的廢鐵堆才停下。甩開在眼前環繞的金星，他連忙利用廢鐵的遮蔽，眨眼幻化為人形。

突然見到有名白髮少年從角落跑出，木花梨大吃一驚。

對方究竟是什麼時候……

還未等木花梨想出所以然，小紅帽慢慢從地面爬起。她動動脖子，彷彿還能聽見「卡嚓、卡嚓」的音響，像是人偶轉動硬直的關節。

小紅帽看著那對自己露出警戒的三人一貓，開始一步步往前走。

「我可以吃掉你們嗎？」

「我可吃掉你們、吃掉你們、吃掉你們、吃掉你們……」

少女的聲音倏地轉回最初的稚嫩，並且就像跳針唱片詭異地不斷重複著相同的句子，卻缺少了最初的疑問詞，成為一個肯定句。

「我可以吃掉你們！」

最後肯定句變成了歇斯底里的高尖大笑。

「吃掉你們！嘻嘻嘻嘻嘻嘻嘻嘻哈哈哈哈哈哈——」

蒼白的火焰同時在眼眶裡燃燒起來，那具嬌小的身子霍地膨脹拉高，下腹部像被看不見的兩隻手撕裂開，從內側鑽出的是巨大的狼首。狼嚎逸出，血色的斗篷延展至地面，末端像逐漸融成了同色的液體，乍看下就像大片鮮血流淌，要將慘白之地滲染成血之潭。

小紅帽伸開雙手，被深紅佔領的地面猛地冒出一隻隻赤色手臂，將她團團包圍在中心。

接著，外形異變但仍保留小女孩容姿的污穢彎下身，巨大的臉龐面向毛茅他們。

「我有人形了。」

「我也想當人。」

「吃掉你們的契魂，吃掉你們的血與肉，我就能成爲人了對不對？」

這是恐怖至極的畫面。

饒是入社二到三年的薄荷和木花梨，也從未見過這般駭人的污穢，無形的壓迫感讓人心底發涼。

「人形的污穢啊……」等級還只是小新人的毛茅卻是舔了舔嘴唇，眼中是蠢蠢欲動的光芒，「也就是說劈開她，一樣會掉出那些結晶花、結晶葉囉？」

「只要是污穢，照理說是這樣沒錯的……」木花梨乾巴巴地說，明媚面容上驚悸未散，「毛茅，你千萬別衝動。我們必須盡快聯絡其他除穢者，在記錄上從來就沒有過人形的……毛茅！」

木花梨驚慌地拔高聲音，但伸出的手卻只能看見毛茅的衣角從她的手指間溜了出去。她焦灼地提劍想追上，然而被她緊握在手裡的武器卻在刹那間——

從劍尖開始分解成微小的光粒，然後整把劍不復蹤影。

木花梨的右手只剩下空空蕩蕩。

目睹這一幕的薄荷收縮了瞳孔。

她忽然想起紅鸝說過的，這裡只有自己的契魂是最成熟、最美味的。

爲什麼會忽略木花梨？

怪不得紅鸝會忽略木花梨。

薄荷霍然間想通一切，她臉上表情僵住，嘲笑和怨恨混在一起，最後形成詭異的扭曲。

木花梨的契魂進入枯竭期了，才會連契靈都難以再維持。

就像一盞燈燒久了，總會燈枯油盡，契魂也是如此。

沒人知道契魂會在自己體內存在多久，也許很久，也許幾年或是更短。

一旦契魂即將消逝，最明顯的徵兆就是反應在契靈上，除穢者將失去自己專屬的武器。

而沒了武器的除穢者，也就當不成除穢者了。

這些人往往會從第一線退居爲後勤人員，成爲輔助的角色，例如除魔社的指導老師便是如此。

澤蘭和伊聲都曾經是聲名盛極一時的除穢者。

見自己的契靈散逸形體，木花梨喉頭發緊，在這一刻深深地怨恨起自己的無能爲力。

可即使如此，她也不放棄行動，她在薄荷的眼中，就像在送死似地繼續往前奔。

毛茅是剛加入社團的學弟，他的高中生活才剛開始，他明明不該要面對這種事情的。

最開始薄荷針對的對象……就只有她一人！

像被鮮血潑淋全身的紅色污穢一抬手，垂落在地面的紅斗篷瞬間揚起，下襬分岔多股，鋪天蓋地地鎖定紫髮男孩落下。

就在這一刹那，一條人影迅如疾雷地到來。

高大的灰髮青年闖進回收場，他持握的巨劍像是挾帶雷霆萬鈞之力，瞬間格擋下衝著毛茅追來的數條紅影。

堅銳如長槍的斗篷下襬重重撞上劍身，卻只逼退白烏亞一、兩步而已，被他緊握在雙手中的巨劍則是絲毫未損。

反倒是那幾條紅影浮現裂縫，緊接著竟似瓷器地片片碎裂。

「烏鴉！」木花梨又驚又喜地喊。

「謝了，學長，你來得超及時的！就像伊老師說的，男生的社服果然很適合你唷。」毛茅咧了咧笑，朝白烏亞比出一記拇指。緊接著他竟是又主動竄出對方的守護範圍，彷彿要單槍匹馬地迎戰紅色的污穢，「毛絨絨，木學姊就拜託你顧好了！」

「我、我會努力的！」毛絨絨使勁大聲說著，兩隻手立刻牢牢地抓著木花梨的手臂，以防她又不假思索地跑到污穢的眼皮底下。

「毛茅！」

「毛茅，你在做什麼!?」

白烏亞和木花梨對紫髮男孩的行爲始料未及，只不過一晃眼，就被對方甩在後頭。

「大毛──」

隨著男孩那聲高亢的叫喊衝出，蹲踞一邊的黑琅迅雷不及掩耳地掠出。那漆黑的身影轉瞬間霧化成一團氣體，旋即又凝固成新的形體。

一條像是泛著黑光的墨色長鞭，被毛茅迅速地抓握在掌中。

毛絨絨目瞪口呆，垂墜在衣襬後的長條裝飾有如尾羽受到驚嚇地蓬翹起。

那樣子有點可笑，但是現在沒人笑得出來。

這是毛絨絨第一次目睹如此狀況發生。

黑琅消失了……不對，他是變成鞭子，變成毛茅的武器了!?

驚愣的人不單是毛絨絨，包括虛弱坐在地面的薄荷，包括木花梨、白烏亞亦是難掩震色。

他們從來不曾見過活物能夠變成武器。

那是什麼？

那隻貓是什麼？

對這一切分明習以爲常的紫髮男孩，究竟又是什麼來歷？

無視他人的震撼，毛茅高高躍跳，眨眼間像支箭矢般衝入戰圈。

「小心點。」白烏亞只留給木花梨這幾個字，不由分說地跟著加入戰場。

比起猜測毛茅的來歷，他更重視的是他的責任——保護直屬，殲滅污穢！

換上黑鞭的紫髮男孩，簡直像切換了開關一樣。褪去討人喜歡的開朗，取而代之的是鋒銳如刀的笑容，和彷彿盡情享受眼下局面的樂在其中。

一雙眼角勾揚的金眸熠亮，比燃燒的焰火還要光彩奪目。

毛茅腳尖一蹬，那本就靈敏的身形霎時更是提高了一階速度。他接連閃避過像是長矛擊墜的斗篷衣襬，纏繞在掌心間的黑鞭猝然一抽甩，鞭尾纏住了其中一條。

利用慣性的力量，毛茅輕而易舉地讓自己跟著盪了過去。他俐落地改換另一手抓住衣襬，勾在上頭的長鞭鬆開。

下一刹那——

通體透黑的長鞭如同擁有生命般伸長再伸長。

長度轉眼延伸數倍的黑鞭，橫掃過一隻隻好似血紅植物伸展的赤色手臂。

多隻斷臂登時凌空飛起，在空中噴灑出一陣血霧，復而陸續砸下，敲出沉悶的音響。

察覺到自己的衣上居然纏上了一隻小蟲，身軀有數公尺高的人形污穢發出了惱怒的喊聲。她的斗篷衣襬頓時有如凶猛大蛇扭動身子，眼看就要重重撞擊在地面，好藉此把攀附在上的紫髮男孩砸得血肉模糊。

毛茅俐落地跳下地，那條矮小人影迅捷得不像話，像是疾風、像是閃電，在一隻隻生出的赤手中遊走。

黑鞭生長出利刺，不停收割那些試圖阻撓他前行的手臂。

唯有契靈，可以對污穢造成實質性的傷害。

呈現在前方的景象，無一不是在向除魔社的眾人宣告——那條由黑貓化成的長鞭，就是契靈，就是污穢的剋星！

「這不可能、這不可能……」薄荷摀著抽疼的心口，蒼白著臉，尖利地喊，「你明明只是一個低劣的隱性，甚至還沒有成熟……你怎麼可能會有契靈？你的契靈怎麼可能是活生生的動物！」

薄荷的尖叫無異是喊出了木花梨他們的震驚。

毛茅對這些彷若充耳不聞，身形就像離弦的箭矢，將要抵達的箭靶就是紅色污穢的所在。污穢發出咆吼，扭曲的剪刀將兩片刀刃張至最大，卻來不及有剪下獵物的機會，就被白烏亞的契靈重重擊碎。

泛著森寒光輝的巨劍劈斬而下，伴隨「鏗」的一聲，大剪刀左側的刀片先是綻開裂痕，接著痕跡延伸到底。

刀片再也承受不了負荷，前半段生生斷裂，歪斜地插入白色地面。

在白烏亞的幫忙開路下，毛茅重新快速奔向污穢。

鞭上的黝黑利刺刹那增長，成了一枚又一枚的光羽。

微彎帶勾的光羽簡直像是最鋒利的刀刃，試圖攔阻的外力全都被摧枯拉朽地毀滅。

毛茅勢如破竹地一路縮短和紅色污穢的距離，他和他手上的長鞭凌厲得就像一道劃過這世界的閃電。

剩餘的赤手好似被逼急了，它們飛速疊起再疊起，在紅色污穢的左右邊接連成兩隻巨大的手臂，就要凶狠地將急速奔跑的小小人影一把包住，用力地將他捏成一團血肉模糊。

白烏亞被另一邊的赤手纏住了動作。

毛絨絨心急得都想衝出去。

說時遲、那時快，兩道冷光風馳電掣地破空而來，將兩隻猩紅的巨手從中砍成兩半。無數的手臂從高空灑落下來。

毛茅眼角餘光一覷，發現兩道熟悉的人影出現在這個紅與白的世界。他咧嘴一笑，腳下猛力再蹬，正好抓緊其中一束冷光還未遠離的機會，順勢借力踩踏，帶著光羽的黑鞭同時割過狼首的喉管。

旋即在那道淒厲的嚎叫中，毛茅大笑著全速衝躍至紅色污穢的頭頂上。柔韌的黑鞭轉眼間改變材質，硬直得像一柄漆黑長劍。

「哇喔，找到了！」毛茅吹了一聲愉快的口哨，大剌剌地盤腿坐下。然後快狠準地朝紅色污穢的天靈蓋位置猛力下捅，鞭身一路無阻地沒入，僅留鞭柄在外。

發狂的人形污穢像被停滯了時間，在半空中僵直住身子，包括她飛揚的血紅斗篷和地上殘存的幾隻紅手，都固若硬石。

下一秒，大量晶沙有如瀑布般沖刷下來。

紫髮男孩矮小的身影也夾在其中，恢復原貌的黑貓用爪子巴在他的胸前。他像在溜滑梯似地暢快笑起，那笑聲落進薄荷耳中只覺毛骨悚然。

薄荷的身體微微顫慄，她覺得那個叫「毛茅」的一年級生根本更像怪物。

她不能理解，爲什麼其他人一點都不覺得他可怕？薄荷想尖聲大叫，然而胸口驟然傳出的抽疼讓她吸了口氣，冷汗滲出額角。

「契魂被挖走的感覺，看樣子很痛。」有道令人想到華麗印象的嗓音漫不經心地說著。

薄荷全身僵住，她就如一座凝固的石雕，好半晌才僵硬地慢慢仰起頭。

望進一雙桃紅色的眼瞳裡。

「社……！」薄荷面色灰敗，聲音像被絞緊在喉嚨裡，遲遲無法順利發出。她驚懼地看著不知何時進入回收場的時衛，還有伊聲。

她想要安慰自己，他們兩人不可能知道這裡發生了什麼。如果她向木花梨服個軟，肯定就能獲得對方的原諒。

花梨學姊不是最喜歡她了嗎？而且這次受到傷害的明明也是她！

只要學姊不追究，那麼那個小高一……也翻不了什麼風浪的。

薄荷幾乎要被自己說服了，假使她沒聽見時衛接下來的話。

「忘了說，毛茅的手機一直是保持通話的狀態。妳做的這些事很大膽，也很愚蠢到令人不敢相信。」

薄荷瞪大眼，腦海一片空白，她根本不知道那個紫髮男孩竟然該死地打出了電話！

「社員的事情，社長的你待會自己處理吧。」穿著招牌紅袍的伊聲越過了兩人，沙啞的嗤笑落下。

紅色污穢終於全部崩解完畢。

所有晶沙在眞正觸及地面之前盡數消失，留下的是耀眼璀璨的結晶花葉，以及——

砸出沉悶聲響的兩個重物。

分別是泛著冷光的鐮刀和長劍。

毛茅站直身體，看了兩把武器一眼，再望向走近的伊聲和時衛。

伊聲和時衛同時一揮手，前者的仿生契靈和後者的契靈平空隱沒。

「做得挺不錯的。」伊聲的視線掃過毛茅、黑琅還有毛絨絨，再轉向白烏亞，「起碼你這次懂得先聯絡你的直屬。」

「唔，畢竟我也不想再被罰寫檢討書了嘛。」毛茅坦蕩蕩地說。

眞正負責罰寫的毛絨絨眨巴著藍眼睛，覺得這是毛茅在心疼自己手痠。

黑琅喵了一聲，嘲笑毛絨絨就是個傻白甜。毛茅都還沒心疼過自己，哪輪得上他？

果然，毛茅的下一句才是重點，「伊老師，看在我乖的份上，這些結晶我能打包帶走嗎？」

「當然是，」伊聲笑了笑，冷酷地說，「不行。」

「爲什麼？」毛茅摀著胸，感覺心痛。眼前有那麼多等於白花花鈔票的結晶，他卻一個也不能動，那他方才那麼勤快是爲了什麼？

「這可是新品種污穢留下的東西，你覺得我會讓你隨意帶走？澤蘭和科研部的人肯定會樂瘋的。」伊聲走近結晶體。

在那堆閃耀著剔透光芒的花與葉當中，有一樣物品特別顯眼。

那是一隻造型像是小紅帽的布娃娃。

只是布娃娃的胸口處破了一個大洞，缺失填塞在裡面的物體，使得裡頭一片空蕩蕩的。

看著那掉落在無數花葉結晶中的髒兮兮布偶，毛絨絨雙眼瞪大，腦子剎那間像被重重地敲了一記，緊緊封鎖住的記憶箱子好似破了小小一條縫隙。

有什麼隨之流洩出來。

「這也要帶回去嗎？」白烏亞拾起了那隻布娃娃。

「當然。」伊聲隨意道，「烏鴉和時衛去想辦法處理這堆吧，聯絡協會的人過來一趟。」

「麻煩。」時衛掏出手機，開始撥打號碼。

白烏亞負責將散落的結晶集中在一起。

「毛茅。」毛絨絨迅速拉住毛茅的衣角，小小聲地說，「我……我好像想起什麼，我有很重要的東西不見了！」

重要的東西？毛茅快速翻找著他和毛絨絨初見的那一幕——在大量白色煙霧中，他隱隱約約瞧見了小小的人形影子。

還不只一個。

那些，該不會就是毛絨絨不見的東西？

「那你想起那些東西長怎樣了嗎？」毛茅也壓低聲音問。

「……想不起來。」毛絨絨無助地搖頭，「只是看到那個布娃娃，就突然記起這部分。」

「嘖。」黑琅用僅有自己一貓聽見的音量，大失所望地咂了下舌，「所以還要繼續對朕的鏟屎官死纏爛打嗎？」

「別太著急，慢慢來也可以的。」毛茅安慰地拍拍白髮少年的手臂。

畢竟毛絨絨可是還沒爲自己尋來寶物，都在自家白吃白住那麼多天了，不狠狠撈回本怎麼行呢？

渾然不知毛茅的眞正想法，毛絨絨雙眼泛淚，無比感動地看著對方。

無視那雙淚汪汪的藍眼睛，毛茅思緒忽地偏了一下。

總不會……那個小紅帽的布娃娃，就是毛絨絨丟失的東西吧？

這念頭著實太過荒謬，毛茅沒一會就暗自覺得好笑，將之遠遠拋開。一邊惋惜地盯望著那堆閃閃發亮的結晶，一邊去把自己的背包從樹上找回來。

打發完社團的幾名男性，伊聲在木花梨身前蹲下。

「花梨，我猜妳現在會想要一個人待著。」她的語氣比平時還要和緩許多，帶著安撫人心的力量。

木花梨勉強揚起一個笑容，眼眶裡的淚水快要盛載不住地溢出，「謝謝妳，伊老師……」讓橘髮少女獨自一人不被打擾，伊聲從口袋摸出一根棒棒糖，再度走向毛茅。

「毛茅。」伊聲垂著眼，她的注意力似乎全放在如何剝開棒棒糖的包裝紙上，「第二個字是茅草的茅，對吧？」

毛茅不曉得伊聲爲什麼要問這個，他以點頭作爲回答。

伊聲抬起頭，鏡片後眼眸犀利，「你爸，或者說你養父，是叫……」

一個人名被那道沙啞的嗓聲吐出，落至空氣裡，似乎激不起一點漣漪，卻在毛茅和黑琅心中掀起驚滔駭浪。

兩雙金黃的眼睛猛地瞪住了伊聲，一人一貓的眼神同樣強悍凶猛。

「冷靜、冷靜，別瞎擔心。」伊聲舔了舔棒棒糖，語氣輕鬆地說，「原來你就是那傢伙的寶貝兒子啊，迷你兔。他給我看過照片，不過你現在也知道我的毛病了。」

拿照片讓一個臉盲的人看，是能讓對方看出個什麼所以然來？

「他以前曾說過會讓寶貝兒子來榴華唸書，我沒想到原來是眞的。」伊聲笑了笑，鋒利的眉眼在提及毛茅養父的時候不自覺地柔軟下來，「我們倆是朋友，會一起打架喝酒吃飯，我把妹、他坐在旁邊看我把的那種。」

說著，伊聲掏出手機翻出了一張照片，再扔到毛茅手裡。

黑琅三兩下跳至毛茅身上，毛絨絨也好奇地湊過來，想一睹毛茅養父的廬山眞面目。

毛茅睜大眼睛。

伊聲可眞的沒騙他。

照片裡就是更年輕的她，和另一名差不多年紀的男子互毆的畫面。

男子的臉只露出小半邊，但還是能看得出相貌鋒利俊美。

「我捨不得揍那張臉。」伊聲懷念地嘆口氣，「那大概是他唯一的優點了。」

「朕懂啊……」黑琅跟著唏噓地說，「朕也捨不得對毛茅的臉做出任何事。」

嚶嚶嚶，所以就能對我使出貓貓拳連續技嗎？在家裡地位最低的白髮少年只覺一顆心都要碎了。

毛茅一點也不想加入這一人一貓的感嘆之中，他對伊聲的防心還沒降下，直到他聽見伊聲又愉快地笑著說了一句。

「毛病多……看樣子你使用得很順手呢。」

黑琅先是一怔，隨即炸毛地對著伊聲露出威嚇的尖牙，「朕才不叫毛病多！大膽刁民，叫朕黑琅！」

「伊老師，妳知道!?」毛茅瞪圓了眼，這讓他的娃娃臉看起來更嫩許多。

「我還知道你特別喜歡洋芋片。你那笨蛋爸爸還曾擬了張表單，研究哪個口味你可能最喜歡。」伊聲對毛茅眨下眼，「如何，願意相信我說的嗎？關於毛病……好好，黑琅，行了吧？」

爲免黑貓氣急敗壞地衝上前給自己一爪子，伊聲從善如流地改了稱呼。

「他的事，我會幫你找個合理的解釋跟澤蘭說的，免得他想把你們都帶進實驗室。不過，我想只要我告訴他你爸的名字，他就會自動腦補各種過程了。」

「哎？爲什麼？」

「哎，你不知道嗎？」伊聲微聳肩膀，「你爸曾經是除穢者協會裡數一數二強的除穢者，兼科研部的部長，也可以算是傳奇人物了。雖然後來養兒去就漸漸淡出這行，我也好幾年沒聯絡上他了。」

毛茅還是頭一次聽見自己養父的豐功偉業。

「對了，他現在人還好嗎？」

「我也不知道呢。」毛茅若無其事地笑著對養父做出刻薄的評論，「那個傢伙自從說要尋找人生眞理，就再也沒回來過了，我猜他的路痴毛病肯定在這件事上做了最大的貢獻。」

「聽起來是還活著，那就好。」伊聲滿意地說，接著她抬抬下巴，往木花梨的方向一點，示意毛茅過去安慰人家一把。

一個人獨處是需要的。

有個人陪伴傾聽更是需要的。

何況毛茅長得無害，又是一張可愛的娃娃臉，相信只要賣個萌、撒個嬌，就能讓木花梨感受到宛如寵物陪在身邊的治癒力量。

不知道自己被定義爲寵物，毛茅撓撓頭髮，往木花梨那邊走了過去。

木花梨從和他第一次見面，就一直對他很照顧。

注意到人影靠近，木花梨抬起頭，臉上是未乾的淚痕。

毛茅在她身邊坐下，也沒有開口。

木花梨的表情看似平靜，可淚水不住從眼眶溢落，蜿蜒地流過臉頰。

「我本來……是眞的很喜歡她的……」好半晌後，橘髮少女忽地主動打破沉默，「第一次看見她的時候，我就覺得她好耀眼，和我完全不一樣……」

「就算她不喜歡我也沒關係。」

「這份喜歡，本來就是我自己一個人的事。」

「我本來要跟她說，我的契魂進入枯竭期了，這才是我想退社的眞正原因。」

「我本來還想跟她說，我母親的工作調動暫緩了，我可以不用出國了。」

木花梨喃喃地說，似乎也不在意毛茅有沒有在聽。

她就只是想要說出口而已。

「可是我完全沒有想過，她原來那麼討厭我。」

「討厭到這種地步。」

「如果那麼不喜歡我的話……可以不要勉強來接近我啊！」

木花梨的眼淚越掉越凶，說到後來整個哽咽，無法再好好地說下去。

「我沒辦法跟學姊說別在意。」換毛茅開口，他伸手拍拍木花梨的肩頭。明明是還保留稚氣的聲音，卻透著一股老成和看透世情百態般的豁達，「但是呢，有件事倒是可以跟學姊說的。」

木花梨美眸噙淚地望向紫髮男孩。

「哎。」毛茅說，「人年輕的時候，誰沒碰過幾個渣呢？」

想了想，毛茅從自己的背包翻出那包被保護得好好的洋芋片，撕開袋口，遞向了木花梨。

「學姊，生日快樂，請妳吃洋芋片。笑一個吧，下一個人會更好的。」

木花梨先是一愣怔，過了好一會後，她破涕爲笑，眼裡是眞正地再次出現光采。

和除穢者協會聯繫完畢的時衛瞄了一眼毛茅他們那邊，隨後便慢慢地踱步到薄荷面前。

金色雙馬尾少女摀著胸口，感覺到體內流失了更多的力量。她慌亂地想向時衛求助，但一接觸到對方的視線後，所有話語都被凍結在舌尖上。

時衛居高臨下地俯視神情驚懼的薄荷。

「妳看，我不是說過了嗎？」

他帶笑的眼睛裡沒有同情，也沒有憐憫。

「妳不行。」

有著妖冶雙眼的金髮青年蹲下身，懶洋洋地看著那張失去驕縱任性的臉蛋。

「薄荷，妳怎麼會認爲妳行呢？自以爲是、盲目、不懂審時度勢。這樣的人，怎麼會以爲我會認同她的實力？」

「社長，求你救救我……幫幫我……」薄荷的眸裡溢出淚水，「我的契魂不見了……被污穢吃了啊！」

「妳本來，不也打算讓那隻紅色污穢吃掉木花梨和毛茅的契魂？妳知道契魂被污穢吞噬，會有什麼後果嗎？」

薄荷睜大眼地搖搖頭，淚水滑落她的臉頰。

「但妳還是決定要對妳的學姊和學弟做出這樣的事。」時衛的眼角和唇角還是染著一如往常的淡笑，「後果妳很快就會知道了，不過那時候，我想對妳也沒差了，妳不會再去在意的。現在……」

在薄荷無助恐慌的眼神中，金髮青年站了起來，輕描淡寫地做出宣告。

「妳被退社了，薄荷。」

尾聲

毛茅和凌淨在一年五班的教室外面聊著天。

紅色污穢的死亡，讓那些被奪走的影子全部歸回原位。

凌淨的影子也回復原樣，這讓她不用再繼續躲在家裡，可以正常地外出。

除此之外，在除魔社的幫助下，凌淨還順利地讓體內的契魂進入枯竭期，過不久就會自然而然地消失。

而隨著契魂日漸衰弱，她對之前碰上紅色污穢還被剪掉影子一事的印象，也會跟著越來越淡薄，直到她完全忘記相關事件。

凌淨很看得開，她明白自己膽子不夠大，要是再多幾次類似經驗，恐怕她嚇都要嚇死了。更遑論她也不想三不五時地就瞧見污染的存在，那會讓她精神耗弱，倒不如當個普通人就好。

林靜靜則是接受了時衛拋來的邀請，成為除魔社沒有掛名的社員。

雖無法參加社團的實習活動，但能夠有機會接觸更多從沒想像過的事，就讓她相當開心。

更重要的是，她能聽到更多神奇的八卦！

時衛或許就是看中她收集消息的能力和守得住祕密，才會願意對她開啓社團大門。

木花梨的退社要求沒有被接受，時衛要她繼續留下來，仿生契靈可以解決她契魂枯竭的問題。

至於薄荷……

「對了，我前幾天在社團碰到薄荷學姊。」凌淨說的社團是指熱舞社，「她像是忽然變了個性……變得很平靜、很中規中矩。我知道這形容怪怪的，就是跟本來的她完全不一樣了……好像她的活力和情緒都被消耗完畢，就像是個……呃，無欲無求也不在意任何事的人？」

凌淨原本想講人偶的，但她自己又覺得這說法太嚇人。她搓搓自己的手臂，想抹開上面的雞皮疙瘩。

「怎麼了，凌小淨？妳幹嘛突然一副撞鬼的表情？」林靜靜冷不防從窗戶探出頭，笑嘻嘻地插入話題。

「呸呸呸，誰撞鬼啦！」凌淨立即被帶開了注意力，她不高興地打了林靜靜的肩頭一下。

就在這當下，有人踩著規律的步子從樓梯間走了上來。

喀、喀、喀、喀。

一年五班剛好就緊鄰在樓梯口旁，毛茅他們下意識地望了過去。

一名個子高挑纖細的少女走出樓梯口，她的側臉雪白昳麗，眼珠漆黑，嘴唇嫣紅，視線筆直地看著前方，對周遭一切好似視若無睹。一頭深墨的長直髮垂散至腰間，柔順的光澤好似最高級的綢緞，隨著她的步伐時不時地晃動。

那張美麗的臉蛋僅僅是被淡漠籠罩，可即使如此，依舊能感受到一股子與生俱來的傲然。

如同被無法言喻的氣勢壓迫住，走廊上的喧鬧聲竟出現了一剎那的靜止，似乎被誰按下靜音鍵。

對自己成爲聚光點無動於衷，長髮少女背脊挺直地向前行走。

她的美貌是如此凜冽冷淡，幾乎能奪去目睹之人的呼吸。

倘若用花來形容，那必定也是一朵盛開的劍之花，發散出凜凜寒氣，讓人不敢隨意接近。

饒是給人成熟艷麗感的凌淨一和她相比，竟是遜色不少。

凌淨的視線就和大多數同學一樣，呆呆地追隨著長髮少女的身影而去。

「唔啊，果然名不虛傳啊……」林靜靜小聲地說，「從國中時就覺得那位大小姐很美了，升上高中，她的顏値根本是甩了全校百分之九十的女生不只一條街啊。」

「不愧是榴華的大小姐……」凌淨恍惚回應著好友的感歎，不難聽出語氣裡的崇拜之意。

長髮少女和毛茅等人擦身而過，連點眼角餘光都沒有落及到他們的身上，彷彿他們只是微不足道的存在，不値得進入她的視野內。

一直到她轉身進入一班的教室內，走廊上的聲音才重新活絡過來。

不少人都忍不住談論起方才那氣勢、氣質，還有美貌都相當驚人的黑長髮少女。

「大小姐？」毛茅不解地問，「那位女同學不會眞的姓大、名小姐吧？」

「什麼？當然不是啦！」凌淨連忙說明，免得紫髮男孩產生更多誤解，「大小姐是我們私下對她的稱呼。她那麼漂亮，功課又好，而且聽說家世也好。你不覺得她整個人給人的感覺，就是完美大小姐嗎？」

「唔。」毛茅含糊地用音節來規避回答。

「毛茅，你不會不知道她是誰吧？」林靜靜從對方的神情看出端倪，她吃驚地問。

「不知道。」毛茅很誠實地回答。考慮了一會，他決定不說出「也不想知道」這句話。

總不好在林靜靜的面前，光明正大地跟她說：因爲那名女孩子的年紀和胸都不夠大，所以他沒半點興趣去知道。

同爲女性的林靜靜就算沒有一巴掌打過來，估計也會拿看變態的眼神看他。

毛茅抱著雙臂，長長地吐出一口氣。

喜歡大胸的成熟女生錯了嗎？肯定沒錯也沒毛病的啊！只可惜世上多俗人，沒法子體會他的心情。

幸好林靜靜絲毫不知道毛茅在想什麼，不然她可能眞的會手癢地揮出手。

「毛茅，你怎麼會不知道？」凌淨也錯愕地看向他。

「所以我應該知道？」毛茅困惑地歪歪頭，那模樣稚氣可愛，小鬈毛還跟著晃了兩下，令兩名少女不禁想摀著胸口喊好萌。

「大小姐超有名的耶！」凌淨小小聲地說，「她在國中部就很有名，人正、成績好，據說還十項全能，根本就完美得不行……嗯，除了討厭和人親近。」

「但是我本來就不是你們榴華的學生啊，我是從外地轉來的。」毛茅為自己辯駁。

凌淨愣了愣，才恍然大悟地敲了下手掌。

「不不不，就算你是外地來的，你也該知道。」林靜靜認眞地說道：「人家可是和你同一個社團的。」

「哎？」

「她就是高甜啊！」

毛茅下意識朝已經不見那抹高挑人影的走廊望過去。

他想起在哪聽過這個名字了。

除魔社的總務候補——

高甜。

《除魔派對1》完

後記

安安，這裡是琉璃。

歡迎收看《除魔派對》的第一回後記！

關於主角們必須努力刷地板的構思，美化版本是靈光忽然一閃，實話就是……刷浴室的黴斑好累啊（跪），偏偏家裡浴室還不通風，一不小心就很容易長黴斑，只能有空沒空拚命地刷刷刷。

然後我就想寫一個刷黴斑的故事，讓角色們也感同身受一下。嗯，然後就有了《除魔派對》。

「除魔」應該是目前設定寫最多的作品了，關於社團、組織，還有武器跟怪物，私底下做的註解超級長，有時候也把自己弄得頭暈眼花。這次在人物設計上，還特別請夜風大融入奇幻&蒸氣龐克的風格，每回收到圖都忍不住想跪在螢幕前膜拜。尤其是封面圖，簡直美到……我已經立刻用來當手機桌布了，每天都在欣賞我家毛茅的美貌！每天都在讚歎我家毛茅根本貌美如花！

大家應該有感覺到毛茅身上藏有很多祕密吧，主角就是要身懷祕密啊，這樣才能吸引更多

的女孩子靠近（大誤）

在本集裡只露臉一次的高甜，下一集將會有更多的描寫，她是非常重要的女性角色喔！

最後，希望你們喜歡這一次的故事，我們下一集見了～

醉琉璃

【下集預告】

除魔派對

毛茅終於和傳說中的大小姐正式面對面了。
然而這位美麗的幹部候補似乎……
看、他、不、順、眼？
冷酷眼神是常態，毒舌攻擊根本家常便飯。
偏偏毛茅還不知道自己哪裡惹到她。

但事情沒有最糟，只有更糟。
毛茅被抓到了大把柄，又無端扯入三角戀！
而這件事情，還藏著「人形污穢」的影子……

下一回，〈月夜下打工小凶〉
2018/02，預計出版！
打工也要多多注意安全喔～

國家圖書館出版品預行編目資料

除魔派對.vol.1,除污社開工大吉／醉琉璃 著.
——初版. ——台北市：魔豆文化出版：蓋亞文化
發行，2017.12
面； 公分.（Fresh；FS148）
ISBN 978-986-95738-1-8
857.7 106021257

除魔派對 vol.1 除污社開工大吉

作者／醉琉璃
插畫／夜風 封面設計／克里斯
出版社／魔豆文化有限公司
地址◎ 台北市103赤峰街41巷7號1樓
電話◎（02）25585438 傳眞◎（02）25585439
網址◎ www.gaeabooks.com.tw
部落格◎ gaeabooks.pixnet.net/blog
電子信箱◎ gaea@gaeabooks.com.tw
投稿信箱◎ editor@gaeabooks.com.tw
郵撥帳號◎ 19769541 戶名：蓋亞文化有限公司
發行／蓋亞文化有限公司
法律顧問／宇達經貿法律事務所
總經銷／聯合發行股份有限公司
地址◎ 新北市新店區寶橋路二三五巷六弄六號二樓
電話◎（02）29178022 傳眞◎（02）29156275
港澳地區／一代匯集
地址◎ 九龍旺角塘尾道64號龍駒企業大廈10樓B&D室
電話◎（852）2783-8102 傳眞◎（852）2396-0050
初版一刷／2017年12月
定價／新台幣 240 元
Printed in Taiwan

ISBN／978-986-95738-1-8

魔豆

魔豆